JN076436

山田稔自選集 III

編集工房ノア

山田稔自選集 Ⅲ 目次

装幀　森本良成

*

オートゥイユ、仮の栖

その日の午後おそくパリは激しい驟雨に見舞われた。秋の日暮れ時によく降る小雨ではなく、珍しく雷をともなった本格的な夕立だった。街で降りこめられたわたしはカフェでビールを飲みながら雨脚の弱まるのを待った。日はすでに短く、雨天が加わってあたりはすっかり夜だった。店の前に流れ出る明かりのなかを黒い人影があわただしく横切って行くのをながめながら、早く帰らねばという焦りと、この雨を帰宅を遅らせる口実にしようという臆病な計算とがわたしの胸中で忙しく交錯した。

結局、近くのレストランに席を移して夕食をとり時間をつぶした。待たれているとわかっていながらの食事は味気なかった。

地下鉄（メトロ）のポルト・ドートゥイユ駅に降りたとき時刻は八時半をまわっていた。カフェの灯が煌々とかがやく広場から北へ、左前方にオートゥイユの競馬場の黒い木立をながめながら、すでに歩き慣れているマレシャル・リヨテ通りを建物の鉄柵に沿って進んだ。雨が上がるにつれて立ちこめはじめた夜霧に外灯の光が乳色に潤み、それを通して五階建の白い建物の並びがおぼろげに見えていた。

二十七番地の建物の四階の窓に目を向けた。これまではいつも暗かった表通りに面した窓が、ろうそくでも灯っているように赤みを帯びた光に内側からぼうっと照らされているのが見えた。

ガラス張りの木の扉のついたエレベーターで四階に上がり、アパルトマンのドアを開けた。いつもなら真っ先に電灯のスイッチを手探りする玄関に、その夜は半ば開かれたサロンのドアの隙間から明かりが洩れていた。

そのまま自分の部屋に入った。濡れたレインコートをハンガーに掛けていると、

「ムッシウ・ヤマダ？」とサロンの方で呼ばれた。出て行くと、

「ボンジュール、ボンジュール」歌うような抑揚の声がひびき、大柄な、眼鏡をかけた老人が古風な肱掛椅子から腰を上げてゆっくりと近づいて来るのが電気スタンドの逆光のなかに見えた。

「待っていたよ」そう言いながら差し出す手は大きく、肉の厚い、あたたかく包み込むような手だった。

「お知り合いになれて嬉しいです」と用意しておいた文句をかろうじて口にすると、老人は鷹揚な微笑を浮かべながら、

「われわれはもう知り合っているのではないかな」と言った。

ひととおり挨拶がすむと彼は夕食に誘った。済ませて来たと言うと、老人は「ああ」と一声さけび、深い失望の色を浮かべた。下宿人というより客としてもてなそうと、わたしの遅い帰りを待っていてくれたのだった。

ピエール・フォッソリエ氏（略称F老）とわたしとの初対面はこのようにして行われたのだった。この日、正確に記せば一九六六年十月十四日、フォッソリエ氏は三カ月あまりの長い夏のヴァカンスからパリの自宅に戻って来たのである。留守中に入居したわたしは、すでに一月ほどそこでひとり暮らしていた。

その一月ほど前の九月のある日の午後三時ごろ、かねて打ち合わせておいたとおり、わたしは部屋を借りることになっている建物の前の並木道で二人の婦人と落ち合い、

部屋を案内してもらった。簡単なことだった。鍵を受け取るといつでも入居できる手筈がととのった。

二人の女性のうち、多分六十半ばをすぎた老婦人はF老の妹さんのシャステル夫人だった。黒いワンピースに黒いヴェールのついた帽子といった喪服のような黒ずくめの服装で、唇には赤く紅をつけていた。他の一人、三十すぎの美しい女性はシャステル夫人の娘で、この人も黒い服を着ていた。

「あなたはとても運がいいのですよ」

部屋の案内がすんで外へ出たとき、シャステル夫人がかすれ気味の声で言った。恩に着せるといった風でなく、ただ当然のことを述べているだけといった穏やかな自然な口調だった。その言葉の意味がまだよく呑み込めぬままわたしはうなずき、会話の練習のように繰り返した。

「はい、わたしはとても運がいいです、マダム」

「伯父は他人の生活に干渉したりしませんよ」

そばから姪に当たる人が言った。きれいな、ということはつまりわたしによく解る明確な発音だった。だが彼女はさらに、ドアをノックしてすぐにそれを打ち消す、そのような身振りをして見せてから付け加えたのだ。

C'est un homme indépendant.（伯父は自立的なひとですの）

三つの鼻母音をきれいにひびかせて誇らしげに口にされたこのindépendant（アンデパンダン）という言葉はわたしの耳にじつに新鮮にひびき、いつまでも記憶から消えなかった。

わたしが移り住んだのはそれから三日後の九月十八日だった。すぐさまその旨を、シャモニーの山荘に滞在中のF老に手紙で報告すると、折返しヴェネツィアのサン＝マルコ広場の絵葉書で「歓迎の意を表する」言葉がとどけられた。それによってわたしはまた、老人が「痛み」つまりリューマチの治療のためヴェネツィア附近の湯治場に行っていたこと、そのためパリへ戻るのが遅れていることを知った。「われわれはもう知り合っているのではないかな」というF老の言葉は、この手紙のやり取りを指していたのである。

一夜明けると久しぶりの晴天だった。雷雨を合図に秋がいちだんと深まったように思われた。空の色、風の冷たさ。もう冬がそこまで来ていた。この急激な自然の変化は、この国ではじめて秋を迎える身にはじつに新鮮に感じられた。

その日は土曜日で、戻って来たばかりのF老はまた週末を過ごしに田舎へ出かけて行き、わたしはふたたびひとり取り残された。やれやれ。一月の猶予の後やっと家主との対面を終え、肩の荷の下りたような安堵の溜息をついてわたしはベッドに寝そべった。

フォッソリエ氏はわたしが漠然と想像していたような中高い、とがった、神経質な顔の持主ではなかった。「丸い」、これが第一印象だった。髪が薄くなって頭頂部が露出した大きな頭が丸く、二重になった顎が丸く、白い口ひげをたくわえた鼻が丸く、眼鏡までが丸かった。この丸い顔をのせた大きな体は肥満気味だった。そして肉体の丸さはただちに愛嬌とまではいかぬともある種の精神の丸み、温厚さを予想させ、わたしを大いに安心させたのである。

オートゥイユはパリの西はずれ、十六区にある有名な界隈で、オートゥイユ、いやたんに十六区に住んでいると聞いただけで多くのフランス人がへえっといった表情を示す、それほどのお邸(やしき)街、「金持ちの老人」の住む場所である。とくにわたしが仮の栖(すみか)を見出したあたりはブーローニュの森に近く、オートゥイユ競馬場に沿って小ぎれいな白い建物がゆったりした間隔をおいて建ち並ぶ閑静な一郭だった。学生の街カルチエ・ラタンからは遠く離れていて不便だが、そのハンディキャップはたんに地理的なものでないらしいことを、やがてわたしはさまざまな機会に知らされることになる。

わたしの最初のフランス体験が、住んだ環境につよく影響されたのは当然である。すでに書いたように、十六区に住んでいると聞いただけで学生たちが目を丸め、肩をすぼめ、あるいは羨望を、ときにはかすかな軽蔑の色さえ浮かべて遠ざかるのを見る、そうしたさびしい経験を重ねるうちに、わたしはF老の妹さんが口にした「とても運がいい」という文句のうちに皮肉な意味さえ探りたくなるのだった。

ところで当初、無学かつ無邪気にも知らなかったが、わたしの住む通りに名を残しているリヨテなる将軍はインドシナ、モロッコなどフランスのアジア・アフリカ植民地支配に功績のあった将軍のひとりで、第一次大戦中には陸軍大臣をつとめたことのある「大物」だったのである。日本でいえば、さしずめ「寺内元帥通り」といったところにわたしは住んでいたわけだ。そうと知れば納得がいった。それにしても何という首尾一貫ぶり。この将軍の名を通りに冠することのうちには、植民地での収奪に支えられた富と安楽、個人の「自由と独立」をのちのちまで守って欲しいという階級的願望がこめられているかのようであった。

そしてこの通りの二十七番地の建物に、「日本人のプロフェッサーに」ととくに指定して一室を提供する奇特な独身老人が住んでいて、そこに転がり込んだのが植民地支配に反対し、この地に来てからも「ベトナムに平和を」のデモに参加したりしているいささかお人好しの男だったというのも、なにか運命のいたずらを感じさせる偶然であった。

後にわたしはF老の口からつぎのような事情を明かされた。フランスには戦時中の住宅難緩和のための措置がまだそのまま残っていて、一つのアパルトマンをひとりで使用する場合には高額の税金が課せられるらしかった。わたしは露骨な言い方をすれば、税金のがれの手段だったのである。とにかく部屋代は諸条件を考え合わせると普通の半分、あるいはそれ以下だった。

建物の前の、いつも何台かの車が片足あげて駐車している道路と平行に並木の散歩道が、そしてそのむこうに、いかにもこの界隈らしく生垣で仕切られた騎馬専用の道が走っていた。日曜日の朝など、その「馬道」を悠然と通りすぎる騎馬の男の颯爽たる姿がわたしの目を惹いた。

並木道には、マロニエをはじめさまざまな喬木が頭上に枝葉を重ね合わせていた。ところどころに黒ずんだ木のベンチが置かれ、犬（ほとんどがダックスフントだったが）を散歩させる黒装束の老女の憩う姿をたまに見かけるほかは、めったに人通りはなかった。夏、生い茂った木の葉の下は文字通り暗く、木の下闇、昼なお暗き緑樹の蔭といった懐しい文句をわたしは久しぶりに思い出したりした。こうして「緑のトンネル」というフランス語がまさに写実的表現であることをわたしは知った。「偽りの太陽」、「冷たい太陽」がたんなる修飾や誇張でないことを肌で感じとったのと同様に。パリでは緯度の関係で、冬になると太陽は南の空の低いところをかすめるようにしてしか通らない。日ざしはしたがって弱く、冷えた大地を温める力をもたない。たしかに太陽は冷たいのである。

入居して間もないまだ秋口のある日の午後、読書に疲れたわたしが色づきはじめた木の下を散歩していると、頭上でいっせいに灯がともったように急にあたりがぱあっと明るくなった。おどろいて立ち止まり頭上を見上げると、雲間を出た太陽が色づいた枝葉の上に光を注いでいるのだった。わたしは黄橙色の光に浸ってしばらくじっと佇んでいた。心のなかまで徐々に同じ色に染まっていくような不思議な陶然とした気持につつまれながら。

アパルトマンは玄関の間と浴室をふくめて六室から成っていた。玄関の間（アンティシャンブル）はひとつの部屋というより、絨毯を敷きつめた広い廊下といった方がわかりやすいだろう。ここは日中でも電灯が要った。入って右手の壁ぎわにフランス人が「コモード」（便利な）と名づける古めかしい整理箪笥が置かれ、その上に金属の小皿がのせてあって、Ｆ老は外から戻って来るとちゃらんと音をひびかせて鍵をその中に入れるのだった。皿には鍵のほかにいつも一フランあるいはそれ以下の小銭が何枚か入っていて、何にするのだろうと不審に思っていた。あるとき、品物をとどけにきた配達人にＦ老がその皿からいくらか取って渡すのを見た。

玄関の間の奥を右手に入ったところにわたしの部屋があった。セミダブルのベッド、机と椅子、数冊の英語の百科事典、大きな洋服箪笥、それらの家具はみな木製のがっしりしたものだった。小公園に面して北向きに窓が開いていた。晴れた日の昼さがり、公園の日当たりのいいベンチには、ヘアバンドにサングラスをかけた若い母親が幼児を遊ばせながら雑誌を読んだり編物をしたりする姿がながめられた。ただし彼女らはお邸街の住人でなく、車の音のやかましい大通りの方から来ている「庶民」だった。冬に公園の樹木が葉を落すと、わたしの窓からとなりのブロックまですっかり見とおしになった。ある日、その窓辺にちらと女の裸体が見えたような気がした。

玄関の間の突き当たりがシャワーと大きな浴槽のついた洗面所兼浴室、そこにはまたビデなるものが備わっていた。ビデは、名称と用途は知っていたものの、こうして日々実物に接するのははじめてだった。ビデ（bidet）とは本来「乗馬用の小馬」を意味する。F老とかなり打ちとけて口が利けるようになった頃のある日、冗談心からあれは何に使うものかと訊ねてみたことがある。するとF老は笑うどころか真面目な顔をして説明してくれた。その際F老が用いた、“ablutions intimes” という言葉がよく解らず、後で仏和辞典で調べてみるとablutionとは本来宗教的な意味で「身を浄めること、みそぎ」とあった。「みそぎか」と思わずつぶやいた。この単語はラルースの辞書のbidetの説明にも用いられている。

浴室の左どなりがF老の書斎兼寝室で、ドアなしにサロンに通じていた。

広いサロンには大きな姿見と、古風な肱掛椅子、低いソファ、どっしりしたドイツ製の大型のラジオ、そして小机や煖炉の上にはご多分にもれず中国の骨董品が飾ってあった。古い衝立ては「明朝のもの」とかで、F老自慢の品としてうなずけたが、低俗な布袋さんの焼物などはどこがよいのかわからなかった。

テレビはなかった。一階の管理人夫婦のところにはあった。テレビなどは庶民の見るものなのである。

西向きの広い窓からは、シーズン中はオートゥイユの競馬の有様のごく一部が木立の間から垣間見られた。夏の夕暮れ、正面の、さえぎるものひとつない平坦な地平線に大きな大きな太陽が沈んでいく。これほど美しく壮大な夕焼けをわたしは見たことがない。部屋中茜色に染まったなかに腰をかけ、小一時間、西空にくりひろげられる絢爛豪華な色の饗宴にわたしは見とれてた。

その日の沈むあたりがかの有名なロンシャン競馬場である。百年ほど昔、ナナと取巻き連中を乗せた馬車が砂埃を上げて走ったであろう道は、いまはバスの通う舗装道路に変っている。

競馬のある日、メトロのターミナル附近は異様な活気を呈した。地下道の暗い穴から、日ごろは見かけぬ赤ら顔にハンチングをかぶった男たちが靴音をひびかせて駆け上がって来る。太い首に新しい大型の双眼鏡をぶら下げて。すると競馬新聞を売る男にまじって、「ロンシャン、二フラン！　ロンシャン、二フラン！」と白タク運転手が甲高い声で叫び出す。

馬券の買い方もわからぬまま、とにかく一度見ておこうと歩いて出かけた。すこし前に自分が訳したゾラの『ナナ』のロンシャン競馬場の場面が頭にあったのである。だが最近改築された白い特別観覧席は美しく花に飾られて眩しく、当時を偲ぶすべもなかった。

元会社重役フォッソリエ氏の長閑な一日は朝の電話で始まる。起床は八時すぎで、この国へ来て以来早起きの習慣がついているわたしとほぼ同じだった。食堂を兼ねた薄暗い台所で、よくわたしはパジャマの上に薄茶のガウンを羽織ったF老と一緒になった。ビスコット二、三枚に少量のバター、それに紅茶、これが肥満をおそれる老人の朝食のメニューだった。

一服して——彼は禁煙中のわたしに何度もタバコをすすめ、その都度わたしがことわるので、「きみは全く意志のつよい男だな」となかば呆れたものだが。——その一服がすむと化粧を兼ねた入浴である。「きみはもういいね」とわたしに念をおす。ひとたび浴室に入るとF老はなかなか出て来ず、その間ひげを剃ることもできなくなるのだ。あるとき入浴中に電話がかかってきて、取次ぐため浴室をのぞいたことがある。老人は浴槽のふちに大きな後頭部をもたせかけ、湯の中に気持よさそうに寝そべって本を読んでいた。

入浴の終るころを見計らったように電話のベルが鳴りはじめる。「さあ始まった」そう呟きながらF老は廊下に置いてある電話機のそばへゆっくりと足を運ぶ。電話は親しい友人あるいは身内の者からで、用件の大半は昼または夜の食事の相談らしかった。

十二時をすこしまわったころ、身支度をおえたF老は、いくぶん持主の体軀に似た大きな旧型のルノーを運転して約束の場所へ出かける。「ヴォワラ、ヴォワラ（さてさて）」と口癖に二度くりかえして。

「じゃ行って来るよ」

「行ってらっしゃい。ボナペティ（いいお昼を）」

午後、F老が戻って来るのは三時すぎときまっていた。コモードの上の金属皿に鍵を置く音が聞こえ、やがてひっそりと静まりかえる。秋から年末までの二カ月ほどはこの活動的な老人の休息期間、彼のいわゆる「動き病」の小康状態の時期だった。

忍び寄る寒さから足をかばいながら、すぐれた作家たちとともに「賢明に」時を過ごす、当分はこれがエンジニア出身の教養ゆたかな独身老人の日課となった。こうして彼はそのころ出たジョージ・ペインターの『プルースト伝』を読み、それがきっかけで、若いころ読んだ『失われた時を求めて』の第何巻かをあらためて繙いたのだった。書斎にはプルーストのほかにフロベール、ジッドらの革装丁の全集が並んでいた。読書の習慣は終生変ることがなかったと思う。翌年の秋にはアンドレ・マルローの『アンチ・メモワール（反回想録）』を「興味ぶかく」読み、すでに帰国していたわたしにも一読をすすめる手紙をくれたりした。

いったん読書に没頭するとしばらくF老の体は動きをとめる。サロンの片隅の低いソファに用心深く下半身を膝掛にくるんですわっていると、ついそこに人がいるのを見落としそうになった。あるとき、あまり様子が静かなので不審に思って近づいてみると、老人は読む姿勢のまま居眠りをしていた。

そして日が暮れると「じゃ行って来るよ、教授先生、しっかりお勉強を」などと機嫌よく挨拶して出かけて行く。食後には音楽会、芝居その他の楽しい催しが待っているはずだった。音楽にかんしてもF老ははっきりした好みをもっていた。わたしがバッハやモーツァルトばかり聴いているのを知っても、それも悪くないがねと冷淡だった。この七十の老人はもっぱら現代の、それも前衛的な音楽の愛好者なのである。ミヨー、シェーンベルク、シュトックハウゼン、ブーレーズ、ペンデレツキ。古いオペラはあきらかに嫌いで、ラジオがワグナーなどをやり出すと「ああ、うるさい」と切ってしまった。そのかわりモダン・バレエを好み、よく観に行っていた。
帰りは毎晩おそかった。入口の戸が閉まり鍵が皿にちゃらり鳴る音をわたしはしばしば眠りのなかで聞いた。

ごくたまにだが、F老から昼食に誘われることがあった。適当な食事の相手がみつからなかったのだ。それを気の毒に思いながら、そして代わりをつとめるのが不粋なこのわたしであることをさらに気の毒に思いながらわたしは老人のお伴をして、歩いて十数分の、オートゥイユ通りに面した白羊亭（ムートン・ブラン）へ出かける。ここはF老愛用のレストランだが、わたしの毎日の昼食には高級すぎた。いまわたしの書斎に、一九六八年の多分六月ごろのある一日の店のメニューが張ってある。わたしの後を引継いで下宿した友人の杉本秀太郎が土産に持ち帰ってくれたものである。彼はこの店が大いに気に入り、後日この店の様子を戯文調の文章で描いた。

さて、われわれは清潔なテーブル・クロスのかかった食卓を挟んで向かい合っている。F老は背中をまっすぐのばし、かるく握った両手をテーブルの端にのせ、ひまのかかる料理（炭火で調理されるのだ）を黙々と待っている。人生とは思うようにならぬものと悟りきったような落ち着きぶりで。この老人と一緒にいるとわたしはすこしずつ行儀がよくなっていくような気がしたものだった。

「ねえ、きみ」

F老はやがてテーブルの上にわずかに身を乗り出し、ためらいを抑えた口調で言う。

「きみは部屋に閉じこもってばかりいるようだが、もっと活動的になってはどうかね。コレージュ・ド・フランスの公開講座など聞きに行ったら。一流の学者が講義をしているよ。もう理解できるはずだ。かなりフランス語が上達したからね、本当だよ。最初会ったときは緊張のあまり麻痺していたがね。そうさ、麻痺（パラリゼ）だよ、舌が」そう言ってF老は白い口ひげの下で低く笑った。

そのころには確かに「麻痺」はとけていたけれど、しかしわたしの舌はけっして滑らかに動いているわけではなかった。そのことはF老自身承知のはずで、ある晩めかし込んで社交的な集まりに出かける前に、気の毒そうな目でわたしを眺めてこう言った。

「きみも連れて行ってあげたいんだが、言葉の困難があるからね。きみだけでなく周囲の者まで気詰まりになる。分かるだろう」

「ウイ、ウイ」、分かりすぎるくらい分かっていた。それでF老の親切な忠告にもかかわらずわたしは依然ひとと会うのを避けベッドに寝転んで、「ル・モンド」紙の伝える中国文化大革命の成り行きを追うなどして一日の大半を過ごしていた。そしてついにある日、このアンデパンダンな老人をして、わたしの部屋のドアをノックせしめるに至ったのである。

「オップ！　若者よ」

と彼はおどけた口調で号令をかけてわたしをベッドから起き上がらせた。

「さあ、ちょっと一まわりして来よう」

こうして彼はわたしをドライヴに誘い出し、あるときは近くのパッシーにあるバルザックの家、借金取りがやって来ると裏口から逃げ出したというあの有名なエピソードのある建物や、またときにはすこし遠出をしてヴェルサイユの宮殿や庭園の見物に連れ出してくれたのだった。復活祭の休みには朝から丸一日車をとばして、はるばるシャモニーの山荘にまでも。

後になってあるフランス人に、以前オートゥイユに住んでいたことがあると話すと、あのあたりのブルジョワには特有の言葉づかいがあって、もって回った偽善的な表現をするだろうと言われた。しかしわたしには思い当たるふしがなかった。階級による微妙な表現の差異に気づくほど言葉の経験が豊富でなかったのである。

入居早々、アパルトマンだけでなく自分の部屋にまで鍵をかけて外出し、掃除に来たコンシェルジュ、つまり建物の管理人のおばさんのマダム・ペシャールから「あたしを信頼してないの!」と怒鳴られ、「ごめんなさいを千回」と言って謝った苦い経験があって、それ以来わたしはこの怖るべき老女をなるべく避けていた。だがそれにはもうひとつ別の理由があって、じつは相手の言うことがわれながら不審に思うほどいつまで経ってもよく解らなかったのである。ある日そのことを打ち明けるとF老は即座に言った。「当たり前だよ。あれはフランス語ではないから」

つまりそれほどひどいフランス語だから気にするなということか。とにかく大事な用件を除いては言葉を交わすに価しない存在と決めこんでいるらしかった。
それでもやはりマダム・ペシャールはわたしにとって大切なひとであることに変りなかった。待ちわびる日本からの手紙を朝、入口のドアの下からすべり込ませてくれるのはこのひとだったからである。

F老と政治の話をしたことはほとんどない。リヨテ将軍の「武勲」について質問しなかったのは勿論である。多分石油などの株を持っていただろうF老が、不安定な中近東の政局に無関心でいたはずはなかった。しかし彼の政治的関心は東はおそらくその辺りどまりで、中国あるいは下宿人の国、日本について果たしてどの程度の認識をもっていたか。

あるとき、週刊誌に載った創価学会の総会の写真を示しながら、「これが日本だろう?」と言ったことがある。広大なスタジアムを埋めつくす熱狂的な大群衆はF老の目に異様とも不気味とも映っているらしかった。そしてこのイメージは彼の頭の中で、「小さな赤い本」を手に手に打ち振りながら「毛首席万歳」を叫ぶ中国人民のイメージと多分重なりあって彼のアジア像を決定づけているように思われた。

「羊の精神(エスプリ・ド・ムートン)だ」そうF老は呟いた。めずらしく不機嫌の色を浮かべて。

社会科学的に分類すれば、F老はブルジョワ階級に属していたに違いあるまい。しかしわたしの見るかぎり、そして多少贔屓目（ひいきめ）になるのは止むを得ないけれども、フランス的エスプリ、言いかえれば皮肉な批判精神の働きによってブルジョワ的独善からいくらかは免れ得ていたように思う。

ふたたび夏がめぐって来たある日のこと、白羊亭で昼食をともにして戻って来ると、F老は建物を見上げて言った。

「もう出かけた連中がいるな」。出かけた、というのはヴァカンスにである。

「見てごらん、窓の鎧戸が閉まっているだろう、ここも、あそこも。あれは出かけたしるしだ。だがご用心」

F老は何か皮肉な考察を口にする前にいつも浮かべる、いかにも楽しげな微笑を浮かべてつづけた。

「なにか訳があってヴァカンスに出かけられなくても、シーズンになると鎧戸を閉めて出かけたふりをして、暗くした家の中でひっそり暮らす連中がいるのだよ。世間体を気にしてね。これぞ愚かなる虚栄心。ヴォワラ、ヴォワラ」

ながらくわたしはフォッソリエ氏を、アンリ四世中学校を経て理工科学校（エコール・ポリテクニック）を卒業した人だと思いこんでいた。ところがポリテクニックでなく鉱科学校（エコール・デ・ミーヌ）だそうである。もっともラルースの大百科辞典によれば鉱科学校へ入るのは主に理工科学校の卒業生だそうであるから、あるいは両方とも正しいのかもしれない。鉱科学校、正式にはパリ国立高等鉱科学校は一七八三年、つまりフランス革命直前に創設された古い伝統をもつ学校である。現在は商工省の管轄になっており、主に植民地の地下資源の開発にたずさわる高級技師の養成に当たる。入学はソルボンヌなどと異なり選抜試験によっているから、相当な秀才でなければ入れないのだろう。

　このように技術畑の人であるけれども、F老はいわゆる文科系の教養を豊かにそなえた人であった。前にも書いたようにプルーストを愛読し、若いころ美術を志したことがあるという。その志は晩年に至っても失われぬどころか閑暇に恵まれたいま、芸術熱はいっそう燃えさかっているかに見えた。例の「動き病」、あの旺盛な活動力はパリ市内は勿論のこと、国内国外の美術館めぐりとなってもあらわれていた。あるときはビザンチン芸術を探ねてイランあたりまで「遠征」した。彼はまた生涯の最後まで、ルーヴルの美術講座の熱心な聴講生だった。

　階級とどのような関係があるのかよくわからないけれども、F老の言葉のなかに時おりいささか古風な、時代めいたと思われる語彙がまじるのにわたしは気づいた。それは生きて来た年代の証しのようにも思われ、この長老のごとき人物をいっそう好ましく印象づけるのだった。例えば彼は「ココット」(cocotte) という言葉を使った。これはメンドリの鳴声から生じた擬音語で、日本語の「コッコ」に相当する幼児語である。辞書をみると、一七八九年に「売春婦」の意味がつけ加わったとある。

「わたしはきみを信用するよ、頭のてっぺんから足の先までね」

下宿して間もないころF老はこう言った。

「だがほかの人間、きみがパリで知り合った人たちは信用しない。無断で人を家に入れないでほしい。たとえば〈ココット〉など大変好奇心がつよいのがいるから、きみが十六区、オートゥイユにひとりで住んでいると知ったら家の中を一度見せてくれと言わないともかぎらないからね。たとえばの話だよ」

「プロスティテュエ」でなく「ココット」と比喩的に言う、これが先のフランス人の指摘したブルジョワの「偽善的表現」の一例かどうか知らない。このほかにもF老の言葉づかいのなかには、教養あるいは階級意識のいかなる組合わせ、いかなる屈折の結果かわからないけれども、はなはだイメージに富んだ表現が混じって、そのつどわたしはフランス語について新しい発見をしたような新鮮なよろこびをおぼえたものである。

この国に来た当初、わたしは町で見かける巡査のいかにもやさ男といった風貌に、さすがフランスと感心したものだ。彼らは容姿だけでなく態度もやさしかった。しばらく滞在した田舎町ではとくにそうで、道を訊くと懇切丁寧に教えてくれ、「メルシー」と礼を言うと気を付けの姿勢で挙手の礼、おまけに「いつでもご用を承りますよ」などと、からかわれているのかと面くらうようなことを言うのだった。そのため当時はまだC・R・S（内務省直属の共和国保安隊）のわが警察機動隊をしのぐ「勇猛さ」を知らなかったわたしは、無邪気にも「親切なフランスの警官」なる固定観念をこしらえてしまった。

ある日この感想をF老にのべると、彼は眉を吊り上げ肩をすぼめて言った。「あれを〈ビロードの手袋をはめた鉄の手〉と称するのだよ」。こうしてわたしの蒙はまたひとつ啓（ひら）かれたのである。

あくまでも傍観者として社会の外にとどまっていられる日本人の目には、フランス社会の実態はなかなか見えない。わたし自身、オートゥイユに下宿することによってリヨテ将軍の、(いやひょっとしたらフォッソリエ氏自身の)「ビロードの手袋をはめた鉄の手」しか見えていなかったのではあるまいか。同じ外国人でも、毛唐(メテック)などと蔑まれているスペイン、ポルトガル、あるいはモロッコ、アルジェリアなどの出稼ぎ労働者たちはフランスのむき出しの「鉄の手」の冷酷さを、それのみを、日々いやというほど感じさせられているはずなのだ。

復活祭が近づいたまだ春浅いある日、行きつけのレストランで一人の見知らぬ中年男と相席になった。やがてその前に運ばれてきた皿を見ると、奇妙な形の野菜が一個ごろりとのっていた。肉の厚い、暗緑色の小さな葉が何層にも重なり合い、とげのないサボテンを松笠状にしたようなと言おうか、長い球形をなしている。見ていると、男はその葉の鱗を一枚一枚念入りに剝ぎ取りはじめた。そして剝ぎ取った葉は食べもせず次々と皿の上に捨てていく。ラッキョの皮をむく式に。はじめは軽い好奇心からながめていたわたしは、ただそのことにのみ熱中しているかに見える男に次第に薄気味の悪さを覚えはじめた。すこし頭がおかしいのではあるまいか。そういえば顔色が悪く陰気で、相席になったとき会釈ひとつせず無愛想に腰をおろした。

先に食事を済ませたわたしは、しまいまで見とどけることなく席を立った。翌朝、F老の顔を見るなりこの「不思議な光景」について報告すると、わたしの大袈裟な話しぶりがよほどおかしかったのであろう彼は顔中しわだらけにして笑い、それからおもむろに「それはアルティショーというものだよ」と言って食べ方を教えてくれた。アルティショーは日本語では「アーティチョーク（チョウセンアザミ）」と訳されているが、これは葉でなく芯を食べるものなのである。大変うまいので「アルティショーの芯」というと美味を意味するほどだ。

「ところで、〈アルティショーの芯をもっている〉という言いまわしがあるのだが知ってるかね。それはね、浮気な女のことを言うのだ。美味い女は尻軽なものでね。日本ではちがうかね」。フランス語では「芯」と「心」はともにcœurなのである。

F老の口からときおり洩れるこの種の言葉のはしばしに過去の生活がちらりと顔をのぞかせるようで興味ぶかかった。このひとは結婚したことがあるのかどうか。あるときわたしの家族、子供のことなどが話題になったおり彼が洩らした「自分は家庭というのが煩わしいのだ」という文句から、わたしは漠然と彼の過去を想像するにとどめた。しかしいずれにせよ、彼が木石の人でなかったことは確かなようだ。香水に関心をもち、有名なゲルランとは親しかった。帰国の日が近づいたころわたしをその店に連れて行きマダムに紹介して、妻へのプレゼントの品選びを手伝ってくれた。また、わたしの着ている日本製のナイロン・トリコットの白のカッターシャツの柔らかな肌触りにいち早く注目し「絹かね」と訊ねた。そして絹の肌着の感触をこの老人は「女の内股の肌の柔らかさ」に喩えたのである。

十年前の夏のはじめに再会を約し合って別れて以来、わたしたちはクリスマス・カードのほかに年に何度かの文通をつづけた。Ｆ老はオートゥイユの自宅から、シャモニーの山荘から、あるいは旅先から便りをくれた。多くは絵葉書に細い黒のサインペンでしたためられ、かならず封筒におさめられていた。わたしがＦ老の家で書いた作品が一冊の本（『幸福へのパスポート』）になって出版されたときは、早速「ブラヴォ！」とお祝いの言葉を送ってくれた。

「だが残念なことに、自分にはいまから日本語を勉強する元気はない」と彼はつづけていた。「フランス語に訳してほしい。きみは《仏文和訳（ヴェルション）》の方はエキスパートだから、今度は《和文仏訳（テーム）》を練習すべきではないかね」

仏文和訳云々は、わたしがいくつかフランスの小説を翻訳していることをさしていた。この「仏作」の宿題をわたしはいまだに怠っている。

わたしの家族の間ではF老のことを「フォッソリエ爺さん」と呼ぶ習わしになっている。帰国当初、幼い子供たちは父親が西洋人のお爺さんと一緒に暮らしていたことに実感が湧かぬらしく、お伽話のなかの白ひげ、大きな鼻の老人、おそらくサンタクロースのような人物を想像しているらしかった。「あなたのことを子供たちはお話のなかの架空の人物のように考えていますよ。実在を証明する写真を送ってくれませんか」。わたしはあまり当てにせずにこのように書き送った。

すると間もなくポートレートが送られてきた。たて二十センチ、よこ十センチほどの黒白の光沢紙一杯に、肩から上だけ写した、あるいは顔だけを拡大した写真だった。見覚えのあるビロードの襟のついた粋なコートを着、眼鏡はかけず、陽をまともに受けて眩しげに顔をしかめている。こめかみや前頭部のシミまでがはっきり写っていた。

写真には同じ大きさの、厚手の上質紙の用箋が添えてあった。左上に、PFのイニシャルを円形に組合わせた青い紋章が入っている。その紙にはいつもと同様に黒のサインペンで、子供たちへのメッセージとして「詩」が書かれてあった。それを直訳風に訳してみよう。仮に題をつけるとすれば、「西洋の護り神」(Bon Génie occidental)というところか。

西洋の護りの神さまは
子供が好きで　子供を護る
何でも聞こえ　何でも解り　黙っている

もし子供らが物分かりよく　行い正しければ
その動かぬ眼は明るくなり
子供らと喜びを分かちあい　幸せになる

もし子供らが愚かなまねをし　行い正しくなければ
その動かぬ眼は悲しみを帯び
子供らに　反省し行いを改めるよう求める

しかしいつもじっとして動かない
護りの神さまは子供が好きで　子供を護る

こうして十年の歳月が過ぎ去り、その間、遠く離れた日本でわたしはいつも変らぬ壮健な姿でフォッソリエ氏のことを思い描いていた。旅先からの便りに接するたびに「動き病」という文句をほほえましく思い出し、その「病」を老人の生命力の旺盛さのしるしと信じて安心していた。「来年パリで再会できますように」。クリスマスのたびにかわされるこの共通の願いの実現を一年また一年と先へ延ばしながら、わたしはその実現を疑っていなかった。

一度だけ、クリスマス・カードがとどかなかったことがある。気にしていると、年が明けてもうお彼岸のころになってからつぎのような、これまでとは調子のがらりとちがう手紙がとどいたのだった。

「一九七四年三月十九日

なぜだろう、今夜にかぎって。一月以上前から、きみの手紙を机の上にひろげたまま筆を取らずに暮らしてきたのに。——この待機の間中、実際きみがそこにいるような感じでわたしはきみと会話をつづけていたような気がするのだが。きみ宛てのクリスマス・カードは他のものと一緒に机の上に用意してあったのに書きもせず、出しもしなかった」

それがなぜ、今夜にかぎって筆を取る気になったのか。

そして親しい人たちのことを懐しく思っているのに肉体が机の上にかがみこみ筆を取るのを拒む、その「不思議な現象」について語った後、手紙はつぎのような不吉な予感にみちた文句で終っていた。

「きみがフランスに来るのなら、あまり遅くなってはいけないよ。残念ながらわたしの命は永遠ではないのだから」

永遠ではない……。

そのころから肉体に、気力では如何ともしがたいある微妙な変化が生じはじめたことをおそらくF老は意識していたのであろう。今から思えば、わたしが壮健のしるしと取っていた例の「動き病」は実際はその反対のものを暗に示していて、彼自身そのことを自覚していたにちがいないのだ。それから一年あまり経ってシャモニーの山荘からもらった絵葉書ではリューマチの痛みを訴えつつも、近くエジプトへ出かけるとあり、つづいて次のようにしたためられてあった。

「わたしが料理をあわてて頬張るようにして慌しく動きまわるのは、この年齢になると前途に未来があるとはもはや言えないからだ」

結局、エジプト行は実現しなかった。右の手紙を書いて間もなくリューマチの痛みが激しくなり、パリの自宅に戻って静養しているうちに機会をのがしたのである。

F老から一月も早いクリスマス・カードを受け取ったのは、その同じ年のことだった。封筒の消印の日付は十一月二十七日となっており、カードは例年のような宗教画でなく、カンディンスキーのコンポジション・コンポジションXだった。

「このすばらしい抽象的なコンポジションがきみの幸福の探求を容易ならしめることを祈りつつ、同時にまた、たぶん七六年にパリで再会できることを希望しつつ」

このころはまだ元気だった。足の痛みのやわらいだ日にはみずから車を運転して、ルーヴルの美術講座に出かけていたことだろう。そしてわたしは呑気にもF老との再会の可能性について危惧をいだくこともなく依然、来年または再来年、と空想していたのだった。つい四カ月前、F老とほぼ同い年の母を失い、老人の生命のもろさ、死のあっけなさを深い悔恨とともに思い知らされたばかりだったのに。

わたしが杉本秀太郎からの電話でフォッソリエ老の死を知らされたのは、それから二十日ほどたった十二月二十日の夜十一時ごろだった。悲報は、たまたまその日フランスから帰ってきた彼の友人によってもたらされたのである。ああ、やっぱり……。言葉にならぬ思いが胸をよぎった。

驚きがしずまるとわたしはF老の写真を取り出し、フォーレの「レクイエム」のレコードをかけた。かつてF老に誘われてパリのノートル・ダム寺院で聞いた思い出深い曲だった。演奏中、祈禱台のうえに肉づきのよい掌を重ねて置き、じっと目を閉じていた姿が目にうかんだ。

数日後、パリにいる年下の友人の西川長夫から詳しい知らせがとどいた。その年の十月渡仏した彼は、わたしの代わりとしてF老に会いに行き、近況を伝えてくれていたのである。

ピエール・フォッソリエ氏は十二月十八日午前二時、入院先の病院で亡くなった。ちょうど八十歳だった。あの早すぎるクリスマス・カードを出してから一週間後に突然発熱、インフルエンザと診断され、十日ほど高熱に苦しんだあげく昏睡状態に陥り、病院に運びこまれて三日目に息をひきとったのだった。

二十日のひるまえにオートゥイユのサント＝マリ教会でミサが行われた。その後、遺体はグルノーブルに移され、フォッソリエ家の墓地に葬られた。「あなたの代理で会いに行って、また代理で葬式に参列したことになります」。西川は感慨をこめてこのようにつけ加えていた。

年が明けてしばらく経って、わたしはフランスから見慣れぬ筆蹟の手紙を受け取った。シャルパンティエ夫人、つまりフォッソリエ氏の姪に当たる人からだった。——十年前の初秋、色づきはじめたオートゥイユの並木道で、鼻母音をうつくしくひびかせて伯父のことを「自立的（アンデパンダン）なひとですの」と言ったその人の声を一瞬、わたしは遠く過ぎ去った幸せな日々のこだまのように思い出した。

明るい水色のインクでしたためられたその手紙は、しかし達筆すぎて判読に苦しんだ。ある文字などは螺線を横にながく引き伸ばしただけのものに見えた。で、止むをえず、知り合いのフランス人の女性にたのんで読むのを手伝ってもらった。

手紙は、ついに生前には間に合わなかったわたしのクリスマス・カードへの返事の形をとっていた。「伯父ピエール・フォッソリエに代わってお返事を差し上げなければならないことを大変残念に思います」で始まり、後に哀悼の言葉がつづいていた。「伯父はあなたやあなたたち日本の方々の友情を大変ありがたく思っておりました。この数年、あなた方は彼にとって大きな喜び、大きな慰めでした。」

判読に手こずるようにも見えないのでそのフランス人に訊ねてみると、わたしには達筆を通りこして乱暴とさえ見えるそれらの文字は、典型的なブルジョワ女性の書法にしたがっているそうであった。

そう言われてみればなるほど文字だけでなく言葉づかいにも、注意ぶかく婉曲な表現が用いられていることに気づいた。「死」とか「死んだ」という言葉は一度も使われておらず、そのかわりに「突然の終焉」、「出発」（あの世への）、あるいは「消失」などの言い回しが目についた。

Disparition（ディスパリション）。——この一語がふとわたしのこころをとらえた。過去の記憶の奥深く眠っているなにかを呼びさまそうとするかのように。本当に消え失せたのか。ただしばらくどこかに姿を隠しているだけではないのか。あの西洋の護りの神（ボン・ジェニー）は。そして隠れ家からわたしを、わたしの家族をそっと見守っているのではないか。眼を輝かせたり曇らせたりしながら……。

そしてわたしは思い出した。十年前のある早春の午後のひとときを。あのときもやはりF老はたまりかねてドアをノックし、オップ！　とわたしを起き上がらせてドライヴに連れ出したのではなかったか。

わたしたちはパリの西の郊外の広大なサン＝クルー公園を訪れたのだった。まだ冬の残っている公園には人影はなく森閑としずまりかえり、わずかにどこかで小鳥の鳴き声が聞こえるのみだった。見上げると大木の梢の描き出す黒い網目ごしに寒空がひろがり、しかしそこには春の間近さのしるしのようにわずかに青空がのぞいていた。

車を降り、虚ろな明るさのみなぎる森のなかの道を気ままに歩いた。足をかばいつつ歩く老人は遅れがちで、わたしはしばしば立ち止まって待たなければならなかった。あたりの風景にむかってカメラのファインダーをのぞいたりしながら。

ある瞬間振りかえってみると、F老の姿がなかった。人も車もないひろびろとした並木道のどこに紛れこむ余地があるだろう。まるで突然掻き消されたかのような不思議な現象だった。わたしはあっけにとられ、しばらくその場に佇んだまま周囲を見まわした。耳をすますと小鳥たちまで急に囀りをやめたようで、深い静寂が鼓膜にしんとひびいてきた。

次第にわたしは不安になってきた。呼ぼうにも呼びようがなかった。この空漠としたひろがりのなかでわたしの声はあまりに弱く、わたしの存在自体あまりにも小さく感じられた。

しばらくためらった後、わたしは用心ぶかく後へ引き返しはじめた。いちいち道の左右をのぞき込みながら。——そして見つけたのだった。とある大木の幹のかげに肩をすぼめて隠れていた。そんな所で何をしているのか。何も。きっとただそうやって身を隠しているだけのことなのだ。何の不審も覚えなかった。なぜかごく自然なことのように思われたのだ。わたしは言葉をかけることはせず黙って見守っていた。

見つかったことがわかっても、フォッソリエ老はなおしばらく神妙な表情を崩さず、不動の姿勢を取りつづけていた。そしてやがてしみの浮いた大きな丸い顔に、かくれんぼで鬼に見つけられた大きな子供の照れくさそうな笑いがゆっくりとひろがっていくのを、わたしは深い共感をこめていつまでも見つめていた。

（「展望」一九七七年四月号）

食卓仲間

昼が近づくと、わたしは妙にそわそわしてくる。食堂に出かける時間が気になるのだ。空腹を感じてから食堂のことを考えるのでなく、逆にまず食堂へ足をはこぶ時間のことを考えてからつぎに胃袋にむかって、腹はへったかと訊ねるのである。

正午をすぎるとわたしはもう落着きを失い、本を読んでいても時間のことが気にかかって内容が頭に入らない。結局、空腹の如何を問わずオーバの袖に手を通し、四階の部屋からのこのこと外へ出かけることになる。するとその身の動きが合図でもあるかのように空腹を感じはじめる。いや、空腹みたいな気がしてくるというほうが正しいようだ。朝食をとってからまだそんなに時間がたっていないのだから。

わたしの通う食堂は〈ピエロ亭〉（略して〈ピエロ〉）といって下宿から十数分のと

ころにある。バーの奥に食堂があるのだが、間口がせまく奥に細長くのびている店の構えのため、そこが食堂だということをつい見落としてしまいそうになる。それほどぱっとしない店なのだ、〈ピエロ〉は。見栄えがしないだけでなく実際狭いのである。その狭い店に人が集まってくる。とくに十二時半から一時半までの間は超満員で、しばらく店のなかで立っていなければならない。こちらの人間はゆっくり時間をかけて食べるから、立って待つのは楽ではない。だからわたしはこのラッシュアワーの前に行くことにしている。時間を気にするのはそのせいなのだ。

このぱっとしない狭い食堂は特に安くもうまくもない。ではなぜこの店に通うのか。ほかにも食堂はある。ではなぜ……なぜだか自分でもよくわからないが、要するに習慣の問題にちがいない。なによりも店の雰囲気が気に入ったのだ。

〈ピエロ〉の手前にもう一軒知っている食堂がある。それは大通りに面した角のところにあって外観はきれいだし、なかもひろびろとしている。表はガラス張りで、そのガラスはいつもぴかぴかに磨かれていて、店のなかが明るくいかにも清潔そうに見える。それではじめのころ、わたしはこの店にときどき行っていた。

この広いきれいなレストランの名は、訳すとすれば〈極楽亭〉とでもいうところなのだが、何度行ってもなじみになれなかった。第一、なかが広すぎる。いつ行ってもがらんとしていて寒々とした感じなのだ。わたしの行く時間が早すぎたのかもしれない。フランスの食堂はひるは一時ごろ、夜は八時すぎから混みはじめるのが普通である。それにしても、あのマダムの無愛想さったらどうだろう。わたしが何度通ってもにこりともせず、こわい顔で注文をきくのだ。だれにたいしてもこうなのかと思ってひそかに観察していると、そうでもないらしい。ときにはなじみの客に笑いかけ握手などしているではないか。

だがマダムの無愛想よりいやなのは、客が少なくて暇なものだからウェイトレスがわたしの食べているのをじっと観察していることなのだ。彼女らはただわたしの食事の進行状況を見て次の皿を運ぼうと待ちかまえているだけのことだろう。これはむしろ感謝すべきことではないか。ではあのつんと澄ました表情は？　マダムにならっているのだろうか。あのよそよそしいどことなく冷たい感じがこの店の気風（？）なのだろうか。

この店の数少ない男客はみなきちんとネクタイを締め、他の客（つまりわたし）から離れた席を選ぶ。連れがある場合は声をひそめてしゃべる。気のせいか、わたしを避けているようで落着かない。

まだある。これら上品ぶった紳士はときおり大きな音を出して鼻をかむ。片手にもったハンカチで器用にでかい鼻をつまみ力いっぱい吹き鳴らす音は、がらんと静まりかえった室内にブゥーッと鳴りひびく。誇張していえばワイングラスが振動しそうな勢いで。くしゃみを未然に防いでいるのだとはわかっていても、この鼻ラッパを聞かされるたびに食欲が一時減退し、わたしはナイフとフォークを手にしたままそっとその方をうかがうのだ。

この店の常連の一人に足の不自由な老人がいた。三つ揃いの服を着て、杖にすがりながら胸を張って入って来る。こわい顔をしていて、だれの世話にもならぬぞという誇りと自負にみちているように見えた。

彼はいつもきまった席にむかい、ひとりで椅子に腰をおろそうとする。それを見てウェイトレスがやってきて手を貸す。しばらくするとカランという乾いた音がひびく。老人がテーブルにもたせかけていた杖がすべって床石に倒れる音だ。すると彼は不自由な身をかがめて拾いあげようとつとめる。その姿はわたしの目に焼きついていて、背を向けていても見えてくる。また、耳は何時あの杖の音が聞こえてくるかと待っている。これでどうして落着いて食事ができよう。

そんなある日、下宿の老人から昼はどこで食事をしているのかと訊ねられたわたしは極楽亭の名を挙げ、ついでにあそこは少々triste（トリスト）（陰気）だと付け加えた。すると老人もその店を知っているらしくちょっと顔をしかめ、sinistre（シニストル）だと言った。なるほど、とわたしは感心した。ああいうのをsinistreというのか。この単語のもとの意味は「縁起がわるい」だ。そしてこの一語が決め手となってわたしは極楽亭ときっぱり縁を切り〈ピエロ〉に鞍替えしたのだった。

〈ピエロ〉の表のガラス戸を押してなかに入る。バーのスタンドの前にむらがっている作業服姿の労働者のあいだをすりぬけるようにして奥へ進みかけると、酒を注いでいたマスターがボンジュール（いらっしゃい）と声をかけ、スタンドごしに手をさしのべる。まだ若くせいぜい四十くらい、中肉中背の真黒な髪をした男だ。髪の毛と同じ真黒の口ひげ、赤い頬。顔がいやに四角くみえるのは、髪を角刈りに短く刈り上げているからだろうか。服装はといえば、これはもう制服のようにいつも白のワイシャツの上から黒いチョッキときまっている。彼はわたしと握手した瞬間に唇の両端を左右にちょっと引張ってにっとほほえむが、すぐに元どおりすましかえった表情にもどって、これまた彼の制服同様、一日たりとも変ることはない。

バーの奥に細長い食堂があり、左右の壁にそって小さなテーブルが並んでいる。ちょっと汽車のなかのようだ。わたしがあれほど時間を気にして、読書を中断してとび出してきたにもかかわらず、ほら、今日もまた満員だ。でもいくら満員といっても、まだ一人くらい坐れる席はあるのだから心配しなくてもいい。ただ困るのは入口のそばのオーバ掛けだ。そこにはすでに二重にも三重にも分厚いオーバが掛かっていて、その上から掛けるとずるずるとすべって落ちてしまうのだ。下手すると、それまでかろうじて掛かっていた他人のオーバまでずり落ちてしまい、その処理に一苦労しなくてはならない。でも逆に、早く来て下のほうにオーバを掛けて安心していると、帰りにひどい目に遭うことになる。上からかぶさった他人の重いオーバの下から自分のを救出するのはいっそう困難だからだ。もうどこにあるのやら皆目見当がつかず、手当り次第あちこちを掘り返す羽目におちいるのだ。いつのまにか想像もつかぬ位置に移動していて、わたしを慌てさせることだって稀ではない。いずれにせよ、他人のオーバを掻きわけているときの気持はけっしていいものではなく、みなの視線が自分の手先に注がれているような後ろめたい気さえしてくるのだ。

オーバを掛けおわるとわたしは細長い食堂を見渡す。するとマダムが坐るべき場所を指示してくれる。この食堂のテーブルは一・五メートルに六十センチといったくらいの小さなものだが、そこに四人すわるのだ。わたしはそのなかのどこか一つだけ空いている席へおさまる。たとえ一つのテーブルがそっくり空いていても、そこに一人だけゆっくりとすわるなんて贅沢はゆるされない。そういうテーブルは四人一組でやってくる常連のために残しておかねばならないのだ。わたしのようなひとりの客は、どこでも空いているところに押込められるというわけである。いや、これはひがみではない。たしかにこの店ではそうでもしなければ客をさばききれないので、このほうが合理的というか自然なのだ。

店のマダムいやおかみさんは、亭主よりもでっかい身体をしている。年の頃はよくわからないが、亭主を四十とすれば三十四、五といったところか。黒い髪。黒い服に黒いスカート。白いエプロン。それでは包みきれない大きな腰。わたしは彼女を見るたびにその巨大な腰に注意が向き、そしてそのたびにあれでは四つに組んでもマワシに手がとどかないなと思うのだが、なぜこんなところで相撲の比喩が浮かんだりするのだろう。だれか相撲取りに似ているというのか、おかみさんの顔が。
たくましい体軀に似ずくりくりとした愛嬌のある眼。よくとおる声。とくに混んでいるときは彼女も気が立っているとみえ、顔を紅潮させ調理場にむかって“Un steak(アン ステック) saignant(セニャン) !”（血のしたたる）と叫ぶ声、とくに「セニャン！」の一語などは食堂中にひびきわたるといっても過言ではない。そのくせ料理を運んできて“Voilà(ヴォワラ)”（はい）といってテーブルに置く、そのときの口調といったら、どこにそんな声がひそんでいるのかと不思議なくらい可愛らしいのだ。

　ある晩おそく、彼女が亭主の腕にもたれて近くの通りを歩いているのを見かけたことがある。そのときはあの大きな身体が小さく見えたものだ。亭主にすがりついているその恰好は、可憐というようにふさわしかった。このひとは素朴で、働きもので、亭主を大事にしている、根のやさしい女房なのだ。極楽亭の、これはマダムというよりばばあと呼びたくなるあの女とくらべて何という違いだろう。

　マダム、いやおかみさんの指示を待つまでもなく、一つだけ空いている席をさがして坐る習慣がついてしまったおかげで、いつのまにかわたしはこの店の常連とひととおり顔見知りになってしまった。わたしがテーブルをともにするのは、あるときはデニムの青い作業服に白いペンキがいっぱいついている労働者たちだ。爪のなかまで塗料で青く染まった手をしたものや、下膊部の内側に入墨をしたのもいる。なにしろ小さなテーブルだから顔をつきあわす形になってしまう。そうやってそばで見ると、何と彼らはたくましい身体をしていることだろう。顔なんかごつくて、まるでライオンみたいなするどい目つきのがいる。こんなのに一発殴られたら、首をしめられたら、おれなんかいちころだな、なんてことを考えながらわたしは小さくなって（これはテーブルが狭いから仕方ない）フォークとナイフを不器用にあやつるのだ。しかし先方はわたしの存在など無視して、自分たちだけでしゃべりながら食べている、飲んでいる。それがわたしにはこころよいのだ。最初のうちは珍しそうにわたしのほうをながめる客もいた。しかし今ではわたしも常連の一人になってしまい、だれからも特別に注目されなくなった。

彼らはよく食べ、よく飲む。まず前菜からはじめ、肉とジャガ芋のカラ揚げを平らげ、チーズをそえてパンを食い、プリンみたいなデザートで終る。コーヒー、これは欠かすことができない。ぶどう酒は平均すると一人半リットル。食後にコニャックをちびりやる男もいる。これだけ飲み食いすればかるく十フランは突破する。おそらく身なりから想像される以上に彼らは高給取りらしい。そうだ、ひるめしを食堂でとる労働者はめぐまれている連中なのだ。自分の家に食べに帰るのが普通で、そのために昼休みは二時間ほどあるのだから。道路工事の労働者は道ばたでパンをかじり、家から持参したぶどう酒を飲んでいる。〈ピエロ〉の常連はそのうえわずかばかりのチップまで置いていく。勘定の中にサービス料が含まれているのに。

一時前に黒人のグループがやって来る。まず最初に四人連れがやって来て、十分ほどおくれて別のグループが合流するという形になっている。すると「黒の侵入」なんてことを小声でささやくものがいたりする。一人だけ女性がまじっているが、どうやらグループのだれかの女房らしい。

彼らはかならず数人まとまってやってくる。どこか近くに職場があるらしい。みな白のカッターシャツに濃紺の背広を着、きちんとネクタイをしめている。制服なのだろうか。彼らの好物はプーレ・オ・リという、にわとりのもも肉にライスをそえホワイトソースをかけた料理らしい。

わたしがたまに同じテーブルにつくと、彼らはちょっとわたしに軽くほほえんだりして感じがいいのだ。ついわたしは「アジア・アフリカ連帯」なんて文句を思い浮かべたりするのだが、もちろんそんな調子のいいものではない。彼らは自国語でさかんにしゃべりながら巧みにフォークとナイフをあやつって行儀よく食べる。ちょっと舌を出すようなぐあいにして口を大きく開ける。あざやかなバラ色。おかみさんが料理やぶどう酒を運んでくるたびに、彼らは「メルシー、マダム」と言う。お行儀がいいなと感心し、自分も「メルシー」だけでなく「メルシー、マダム」と言うのを忘れまいと思ったりする。

双子のような二人づれの小娘もわたしの食卓仲間である。年のころ十五、六、背が低いだけでなく全体に小柄で、小さな丸い顔をしている。アイシャドウが薄く胸のふくらみもあまり目立たない。フランスの娘にはめずらしいタイプだなと思う。髪は一人は濃い栗色、もう一人は明るい褐色。この二人はいつも揃ってやって来て、店のなかでも自分たち二人きりの小さな世界を囲って他人には目もくれない。一人がビール、もう一人が水を飲むのをのぞき、その他はまったくおなじだ。料理もデザートもかならずおなじものを選ぶ。どうやら好物は羊のあばら肉のようだ。この二人が顔を寄せあって、何やらないしょないしょの相談ごとでもしているふうに小声でしゃべっている、その様子をながめているうちに、日本でよく見かける仲よしの二人組をつい思い出し頰笑ましくなる。

ある日、遅くなってから行くと店は予想以上に空いていた。仲間たちはすでに食事をすませて引きあげたらしい。よごれた皿やコーヒー茶碗がそのままになっているテーブルを見わたしながら、わたしは途方にくれた。空席が多いとかえって迷うのだ。ふと見ると、あるテーブルに眼鏡をかけた老女がひとりだけ坐っている。どうやら食べ終わって勘定を待っているらしい。久しぶりにひろびろとしたところで食べるのもよかろうと、わたしは真向いの席について軽く会釈をした。すると彼女は知人にたいするようににこにこと笑ったのである。わたしは面食らった。笑ったさいに、前歯が上下ともすっかり抜け一本だけ、それも根元がぐらぐらしているようなのが残っているのが見えた。

老女はわたしの予想とは逆に、これから食事をはじめるところだった。テーブルの上が片づけられ、さらに注文がきかれるまでわたしたちはかなり待たされたが、その間、彼女は通りかかるおかみさんにむかって「明日になるのかい?」と一度ならず、二度も三度も催促するのだ。おかみさんのほうは慣れているらしく、かるく聞き流している。この婆さんはかなりの古顔らしい。目印は黒いベレー帽だ。いま、間近からあらためてながめると、その黒いビロード状の生地でできた帽子は、帽子というより小さな笠とよびたいようなしろものであることがわかった。直径三十センチかそれ以上の平たい円板で、よく見ると点々と白糸で刺繡がほどこしてある。まるで化けものの茸の笠だ。そういえば彼女自身、茸の形をした魔法使いに似ていないこともない。

やがて注文の品が運ばれてきて、わたしたちは食べはじめた。この歯ぬけ婆さんが肉を食うのを不思議に思いながらも、わたしはなるべく相手と視線が合わぬよう面を伏せるようにしていた。すると声が聞こえた。

「もし。あなたはどこから来られた？」

「日本から」

「まあ、日本人。そう、あたしゃスペイン人かと思ってたよ」

そう言って婆さんはあめ色の縁の眼鏡ごしにわたしの顔を見つめた。

「あんたは全然日本人らしくない。特別なんじゃない？」

「いいえ、そんなことはありませんよ。日本人をごぞんじですか」

「知ってはいないが、よく見かけるからわかりますよ、ヒヒヒ……」

それからまた珍しそうにわたしの顔をじろじろながめる。それはかまわないとして、相手の言うことがなかなかわからないのだ。第一に老人ゆえ発音が不明瞭なこと、第二に口に食物をふくんでいること、第三に前歯が抜けていること、これらが重なりあってさっぱり理解できないのである。右に記した会話にしても、だからすらすらと運んでいるのではなく、先方の一言にたいし、わたしが「パルドン?」(え?)と訊きかえすという面倒な手続きをふんだ、まだるっこいものなのだ。すると先方は顔を突き出すようにして、大声で同じ文句をくりかえす。前歯が抜けているから口の中の食物が自由にとび散り、わたしの皿に入りそうになる。とくに食事の進行につれてぶどう酒がすこしまわりはじめたらしく、彼女は陽気になって何か一言しゃべっては笑うのだが、そのヒヒヒのたびにぱっぱっと、紙のテーブルクロスの上でパラパラと音をたてるくらいと書けば誇張だが、わたしの真情に即していえばそんな風にも言いたくなるほどの勢いで食物がとび散るのを、皿のなかに入りませんようにと祈りつつながめているわたしの気持を、読者よ、察してくれたまえ。

「パリでは働いているの? それとも勉強?」

「勉強」(と、これは小さな声で)

「何を勉強しているの」

「……文学」(これも小さく)

「そう。いいわね。あたしの主人も文学をやってたんだよ。ブリュッセルで。イタリア人だがね」

わたしは何と返事をしていいかわからない。なるべく早く会話をうち切ろうと思って顔を伏せた。すると、皿のなかにポツリと緑色のものが落ちているではないか。とうとう入ったのだ。わたしの皿には青い付け合わせはない。これは、婆さんの口中からとび散ったパセリに違いない。

「どうだね。パリの生活は気にいったかい?」

しばらくの沈黙の後でまた相手がつづける。

「パリにはかわいい娘がたくさんいるからね、ヒヒヒ……」笑ってむせ、あわててぶどう酒を飲んでから、

「いいひとが出来たかい。こんなこと訊いても失礼じゃなかろ、この年だからね、ヒヒヒ……」

わたしは目を伏せたまま黙っていた。ふと見ると白い毛糸のカーディガンの襟のボ

タンがはずれていて、痩せさらばえた胸もとの肌がのぞいている。すると相手はわたしの視線を感じたのか、あわててボタンをとめた。しかししばらくしてまた眼をやると、こんどは二番目のボタンまではずれ小豆色の肌着が見えている。

わたしたちはしばらく黙って食事をつづけた。

やっと食事が終りにちかづくと、老婆はコーヒーを注文しタバコを吸いはじめた。コーヒーはなかなか来なかった。すると老婆は通りかかったおかみさんにまた「明日になるのかい」と催促するのだ。

わたしがコーヒーはとらずにすぐに席を立つつもりでいると、やっとおかみさんがコーヒーを運んできた。そしてそれを婆さんの前にだまって置くと去りぎわに、

「姪御さんはどうなりました」

と訊ねたのである。すると、それまでゆったりと寛いでいるように見えていた彼女の表情が突然くもり一瞬険しさをおびた。そして上体をしゃんと起こしてからおかみさんのほうをふり向き、

「行ってしまった、ほんとにバカだ」

と語気をつよめて言ったのである。おかみさんはそれだけ聞くと姿を消し、相手を

失った彼女はまたわたしのほうに向き直った。

「姪はあたしの主人についてサン＝ラザール駅に行って、そのままもどって来ないんだよ。ほんとにバカだ。バカとしか言いようがない！」

その声は興奮のあまりふるえ、痩せた顔のこめかみのあたりに青筋がうかんでいる。わたしはまるで自分が叱られているような気がした。ふとあたりを見回すと、他のテーブルの客がいっせいにこちらをふり向いて、物珍しそうにながめているではないか。わたしは慌てて腰を上げた。見ると婆さんは食べ残したパンの小さなかたまりを、急いで黒い古びたハンドバッグにしまいこもうとしているところだった。

「オルヴォワール（さようなら）」

そう声をかけると、彼女はあわてて首をこまかく上下に振って応じた。わたしは椅子をもどし、こう付け加えた。

「いい午後を」

しかしこんなことはごく稀で、たいていはわたしは誰とも喋ることなくぼんやりと、たまにはとりとめもないことを考えながら肉を嚙みパンをかじり、ぶどう酒を飲んでいるのである。だがじつはこの店の常連のうちには、知人とよべる男が一人いるのだ。それは近くの郵便局に勤めている青年で、アルバイトの学生らしい。この男と〈ピエロ〉で会うとわたしは挨拶の言葉をかけ、ときには握手をする。ただ彼もいつもひとりでやってきてどこか一つだけ空いている席に押込められる組だから、わたしたちが同じテーブルで食事をすることはめったにない。

わたしはこの青年を〈ピエロ〉の常連になる以前に郵便局の窓口で知っていた。青白い顔に、頬ひげをはやした日本でいえばインテリ風の容貌の持主で、料理が運ばれてくるのを待つ間、食事など忘れたように深刻な面持で本を読んでいるのだ。あるときたまたま表題をのぞいたら『ナポレオンの幼少時代』と読めた。歴史に興味をいだいているらしい。

ある日、たまたまわたしたちが同じテーブルについたとき、その男が突然話しかけてきたのだった。

「モリという日本人の教授を知っていますか」

そのなれなれしさにおどろいたが、思えばわたしたちはすでに郵便局で何度も顔を合わせていたし、航空便の目方のことなどで彼がわたしを日本人だと知っていてもおかしくはなかったのである。

さて、モリという日本人の教授を知っているかと突然たずねられてとっさに思いうかべたのはある哲学者のことで、前後の関係も考えずにわたしは「知っている」と答えてしまった。しかしその後の話の進みぐあいから、どうやらわたしたちの知っている森教授というのは別の人物であることがわかった。

先方のいう森教授は柔道の先生なのであった。数年前にパリでそのひとの解説つきで柔道の実技の披露を見たことがあり、それ以来彼は柔道ファンになったのだ。わたしは柔道のことはほとんど知らない。そう言うと彼は「空手道」のことに話題を移した（彼は「空手」をキャラテと発音した）。これなら知っているだろうというわけである。フランスでは今日、柔道よりも空手のほうが流行しているらしい。

「キャラテもよく知りませんね」つい釣られてわたしもそう応じ「あれは特殊なスポーツですから」

そう答えると彼は不審げな表情をうかべながら質問した。

「キャラテですか。キャラテドウではないのですか」

「うむ、そう、正式にはキャラテドウだが、ふつうはカラテと言いますが……」

すると相手は、

「というのはね、わたしはジュウドウでもキャラテドウでも精神的側面に興味があるので、つまり哲学的興味ですね。ジュウドウ、キャラテドウ、このドウはミチですね、これが大事な点なのでしょう？」

「そうです、そうです。よく知っていますねえ」

困ったことになったぞ。これではせっかくその日奮発して注文したシャトーブリアンの肉をゆっくり嚙みしめる楽しみどころではない。

「そのミチというのを説明してくれませんか」

そうら来た。実技のことなら知らぬ存ぜぬですむが、こういう精神だの哲学だのということになると何か言わねばならぬような気がして、

「それは大変むつかしい問題ですね、ちょっと複雑すぎる」

とまず退路を準備しておいてからわたしはつづけた。

「本来はミチとは手段とか方法の意味だが、柔道の場合のドウ、つまりミチには人格の完成、徳性錬磨の方法という、きわめて精神的な意味がこめられているんですね」

「ふむ、ふむ。それはわかる」

「柔道ではこの精神面が優先する。技術的にいかに強くても徳性において劣っておればすぐれた柔道家とはいえない。むしろ徳性が高まってこそ技も向上する、これが柔道家の思想ですね。つまりヨーロッパ思想の逆だ」

「というと？」

「あなたたちは肉体を強くすれば技も向上すると考えるが、そういう唯物主義の逆というわけで……」

「よくわからないな」

「そうでしょう、複雑すぎる問題だからな。……あなたは毛沢東の思想を知っていますか」

「あまりよく知らないが……」

「文化大革命というのは知ってるでしょう」

「新聞で読む程度で」

「文化大革命というのはけっして権力闘争などではないんですよ。思想的にみると、あれはヨーロッパの唯物論の上に立つマルクス主義にたいする東洋思想の反逆なんだ。つまり精神の革命が物質面の変革に優先するという精神主義ですよ。柔道の哲学と文化大革命の根本思想とは根底においてつながっているわけです」

一体何をしゃべっているのか。呆れながらも不思議なことに言葉がとまらない。

頬ひげの青年は黙りこんでしまった。ふと見ると彼の皿はいつのまにかきれいに平らげられて、いま彼はパンのきれはしで皿に残っているソースを拭いとっているところだ。それにくらべ、わたしの皿はどうか。まだ肉は半分ちかく残り、しかも全部ごちゃまぜになって、ジャガ芋のカラ揚げがいくつも皿からこぼれ散っているという惨状だ。この論戦に疲れはて、わたしは食欲も失せてしまったのだった。


そしてまたある日、わたしは日ごろ見かけたことのない一見温厚そうな白髪の老人とむかいあって食事をしていた。りっぱな体格をしていて肌つやもよく、ネクタイをきちんと締めている。とくにわたしの注意をひいたのはその悠揚せまらぬ態度だった。料理の来るのがいくらおそくてもいらつく様子は見せず、たえずにこやかな表情をたたえているのである。

そのうちにわたしたちのテーブルに、おかみさんに指図されてもう一人の客がすわった。四十五、六の黒ぶちの眼鏡をかけたサラリーマン風の男で、席につくまえに丁寧に、同席してもよいかと老人のゆるしをもとめた。

やがて料理がはこばれてきて三人とも食事にとりかかった。ところが食事中テーブルの下で足がさわったらくし、そのサラリーマン風の男はフォークとナイフを置いて老人に「失礼（パルドン）」と言い、さらに「すみません（エクスキュゼ・モア）」と謝ったのである。老人は鷹揚にうなずき、ゆっくりと食事をつづけている。一方、サラリーマン風の男はぶどう酒は飲まず前かがみになってせっせとフォークとナイフを動かしている。わたしは彼の礼儀正しいというか正しすぎる態度に気をとられた。相手が老人だからだろうか。そういえばその立派な体格の、白い口ひげをたくわえた老人の身辺には、どこか尊敬の念をよびおこさずにはすまない雰囲気がただよっている。つまり〈長老〉といった感じなのだ。その長老にたいし敬意をはらっているのか。今日ではめずらしい美談だ。

食事は終りに近づき、その男はわたしたち二人よりも早くデザートをすませるとコーヒーはとらず、時間に追われでもしているように急いで席を立った。そして老人にむかってまた丁寧に「失礼いたします」と挨拶し、途中でふと気がついたようにわたしにも軽く一礼して店を出て行った。

〈長老〉はわたしのほうに身をかがめ、声をひそめて、

「お若い方、気がついただろ。あれはノイローゼだ」と言って顔をしかめながらつづけた。

「近ごろあんな人間が多くなった。パリの喧騒のせいだ。あれは現代の都市生活の犠牲者なんだよ」

わたしは言葉に窮し、しばらく黙りこんだ。見知らぬ老人から話しかけられたおどろきもあったが、何よりその文句、「現代の都市生活の犠牲者」に打たれたのである。

「ノイローゼですか……」

やっとわたしはつぶやいた。

「そう、そのとおり」

老人はまた顔をしかめ二、三度首を左右にふった。

その後この〈長老〉にも〈ノイローゼの男〉にもふたたび出会う機会はなかった。わたしはしだいに彼らのことを忘れていった。それでも何かの拍子に、あの男のことがちらっと黒い影のように脳裡をかすめることがある。最初わたしは彼の動作を礼儀正しさと受けとり好感すらいだきかけたではないか。パルドン、パルドンと言いつつ日々この国の社会にとけこもうと努力しているこのわたしも、あの〈長老〉の目にはノイローゼと映るのではなかろうか。……

今日もどこかの食卓でせかせかと食事をしているあの男のことなど忘れよう。それよりも、茸のお化けのような帽子をかぶったあの婆さんはどうしているだろう。彼女が席を離れる前にハンドバッグにしまいこんだパンのかけらを公園の芝生に遊ぶ鳩や雀たちにまいてやる姿を思いうかべ、わたしの気持はなごむ。入墨をした精悍な面持ちのペンキ工の仕事場、いつもグループでやってくる黒人たちの母国、ひげの郵便局員の頭脳にひらめく想念、あるいはあのないしょないしょの二人づれの小娘がそれぞれ若い男と腕を組んでやってくる日、そんなことまで空想しながら今日もわたしはひとりでのんびりと食事を楽しむ。

さあ、〈ピエロ〉へ出かける時間がまたやってきた。もう仲間たちは席についてアペリチフを飲みはじめているのではないか。早く行こう。「やあ、皆さん、おいしそうに食べていますね。わたしも仲間にいれてください」と胸のうちで語りかけながら笑顔で店に入って行こう。そして、料理が運ばれてきたときは「メルシー、マダム」と言い、そして店を出るときは皆にむかって「オルーヴォワール」と声をかけるのを忘れまい。

オーバの袖に腕を通しかけてふとためらった。二、三日前、テーブルは満席なのに外套掛けがめっきり空いていたことを思い出したのだ。人びとがオーバを脱ぎはじめる季節。うす暗い〈ピエロ〉にも春がしのびこんできたのだ。よし、今日はオーバなしで行こう。わたしはいったん袖を通したのをハンガーにもどすと、セーターのまま部屋を出て階段をおりはじめる。

（「VIKING」二〇一号、一九六七年八月）

残光のなかで

なにもすることがないので、墓地にでも行ってみようかと思った。

フランスに着いて約三カ月、語学研修のグループが解散して一月も経たないのに、もうわたしは退屈しはじめている。どうしてこう万事おっくうなのだろう。他の人たちが早速スイスだ、ドイツだ、イタリアだとヨーロッパ各地の見物に出かけたという噂を耳にしても、わたしはすこしも羨望を感じなかった。寸暇を惜しんで動きまわるその活動欲がむしろ不可解だった。どうもパリを離れる気がしない。パリどころか、下宿の部屋から出るのさえおっくうなのである。この倦怠感はなにゆえか。

パリにはいくつかの有名な墓地がある。なかでもペール・ラシェーズの墓地は文学作品にもよく出てくるので、日本にいるときから知っていた。そのペール・ラシェーズの墓地へみずからの尻をたたく気持で出かけたのは、厚い雲の垂れこめたうっとうしい日の午後のことであった。

バルザックの『ゴリオ爺さん』の最後のところで、若いラスティニャックがこの墓地にゴリオ老人を葬った後、夕靄にけむるパリのお邸街を見下ろしながら「さあ、こんどはおれとおまえの勝負だ！」と上流社会に闘いをいどむ有名な場面がある。それを念頭におきながら、自分もこのペール・ラシェーズのバルザックの墓に詣でてパリの街を見下ろしでもしたら、すこしはこの倦怠から抜け出せるかもしれないなどと子供じみた期待をいだいたのだった。

ペール・ラシェーズというメトロの駅のすぐそばにその墓地はあった。さながら刑務所を思わせる高い石塀はすっかり蔦でおおわれていた。正門をくぐったところで警官そっくりの服装をした守衛がわたしを呼びとめて守衛室にまねき、銭箱を見せてチップをよこせと言う。入場無料のはずなのにと思ったが、土地に不慣れなものの哀しさでつい一フランわたすと墓地の略図を一枚くれて、猛烈な早口でここがだれそれの墓と説明しはじめた。何のことやらさっぱりわからない。つまり一フランは無駄だったわけだ。

わたしはパリのガイドブックにのっているこの墓地の略図（これには有名人の墓地が番号で示してある）をたよりに歩きはじめたが、出鼻をくじかれたようではなはだ意気があがらない。ラスティニャックの真似どころではないのである。

ミュッセの墓の、枯れかかったひょろひょろの一本の柳。バルザック、モリエール、ラ・フォンテーヌ、ドラクロワ、ショパン等々の墓。アベラールとエロイーズをまつる祠。

墓地には大きな樹木（主としてマロニエ）が生い茂り、しかもこちらの先祖代々の墓というのはみな石の祠あるいはお堂のようになっているので見晴らしがきかない。墓地の外にも高い建物がたっている。夕靄にかすむパリの街を見下ろすわけにはいかないのである。やはり下宿のベッドに寝ころんで、フォブール・サン＝ジェルマンあたりを見下ろしているラスティニャック青年の姿を想像しているほうが、どうもわたしにはふさわしいようだ。

それでもひととおり墓地のなかの舗装道を歩き回った。灰色の厚い雲におおわれた空の下、墓地をたずねる人影もない。葉を落としたマロニエの梢からときおり聞こえてくる名も知れぬ小鳥のするどい鳴き声。あたりを支配する静寂にふと不吉な気配を感じ、わたしは周囲を見まわした。

しばらく行くと落葉をかき集めている黒人の人夫に出会った。彼はわたしに一瞥もくれず箒を動かす手を休めなかった。さらに行くと前よりもひろい舗装道路に出た。緑のペンキをぬったベンチにすわって、額の大きく禿げあがった中年の男が本を読んでいた。わたしが通りすぎるとき、この男も書物から眼をあげなかった。


またある日、今度はモンマルトルの墓地に出かけた。これにははっきりした目的があって、わたしの訳した『ナナ』の新しい版のためにゾラの墓の写真をとりに出かけたのである。この墓地はペール・ラシェーズほど大きくはないが、ゾラのほかにスタンダール、ゴンクール兄弟などの墓があるので有名である。

さて、前回に懲りて、今度は入口でチップを求められても断る覚悟をかため、そのときに口にするフランス語も反復練習しておいてから、つまりは「さあ、こんどはおれとおまえの勝負だ！」と、パリならぬ墓地の守衛と対決する気構えで入口の門をくぐった。ところが守衛は呼び止めない。念のために「入ってもいいか」とたずねると「いい」と言う。ちょっと拍子ぬけしたが、相手の好人物らしい人相が気に入ったの

で、

「エミール・ゾラの墓はここにあるのか」

と念を押してみた。パリのガイドブックにはこの墓地の略図は出ているが、ゾラの墓の位置は示されていないのである。すると守衛のおやじは、

「ここにある。しかし彼はいまヴァカンスに出かけて不在だ」

と答えるのだ。えっ？　とわたしが狼狽しているのをながめながら彼はにやにや笑っている。

「つまり、ここにないのか？」

「いや、あることはあるが遺骸はここにはない。パルテオンに移されている」

「ああ、そうか」

こんなやりとりの後、彼はゾラの墓の位置を教えてくれた。こんなときこそチップをわたすべきだろうが、上っているのでその余裕がない。ただ「メルシー、ボークー」を繰り返すのが精一杯だ。

ゾラの墓はよく磨かれた赤大理石で出来ていて、花束に覆われていた。この墓地でもっともきれいな墓である。墓石の上にゾラの胸像がのっている。妻と二人の子供も

いっしょに葬られているが、守衛の言葉どおり、ゾラの遺骸は一九〇八年六月四日にパンテオン廟に移されたと記されてあった。彼が死んだのは一九〇二年十月五日である。わたしが訪れたのはこの命日のしばらく後だったから、美しい花束もそれで説明できるかもしれなかった。

スタンダールの墓には、いつ供えたのかわからぬ枯れはてた花束の残骸が横たわっているだけだった。

帰りしなに門を出ようとすると、例の守衛が待ちうけていたように「見つかったかね」と声をかけた。

「やはりエミール・ゾラはヴァカンスに出ていた」

と答えると、彼はきれいに生えそろった丈夫そうな歯をみせて愉快そうに笑った。

パリ郊外のメダンにあるゾラの別荘を訪れたのは十月はじめの日曜日のことだった。ほかの用事で駅の案内所で汽車の時間をしらべているとき、たまたま「ゾラ友の会」の有志による「メダン詣で」があり、メダン駅に臨時停車する特別列車があることを知ったのである。

あいにく当日は雨だった。ひるすぎにサン＝ラザール駅に出かけ、ビストロというのかスタンド・バーみたいなところでホット・ドッグをビールで流しこみ改札口へ行ってみると、すでに「ゾラ友の会」の会員らしき男女が十人ほど集まっていた。「ゾラ友の会」と聞いてはなやかな雰囲気を想像するものはあるまいが、それにしても、そこに集まっている人たちの年齢にはおどろいた。誇張していえば爺さん婆さんのグループなのである。それもいかにも庶民らしい身なりのものが多い。なかにひとり若い娘がまじっていて場ちがいな感じだったが、きっと自然主義文学を勉強していて宿題でゾラのレポートでも書かされる高校生なのだろう。

そのグループにわたしもまぎれこんで改札口を通りぬけプラットフォームを歩いていると、ちょっとブルジョワ風の高齢の女性に声をかけられた。自分は日本が好きで二十人ほどの日本人を知っていると言い、片山敏彦、高田博厚などの名をあげた。こちらはゾラよりロマン・ローランのファンらしい。

車中たまたま隣りあわせにすわった二十七、八の青年としゃべっているうちに、この催しは今年で六十回目であることを知った。ゾラの人気、とくに大衆のあいだにおける人気をものがたる行事といえるが、これら熱心なゾラ愛好者たちの世代が消えた後はどうなるだろう。もちろんゾラへの知的関心は存続し、メダン詣では回を重ねるだろう。しかしおそらく、一人の作家をその生活の面においてまで愛するといった熱っぽい文学愛好のあり方は、この老人たちの世代で終るのではなかろうか。彼らはゾラを自分たちの味方と思いこんでいるゾラ信者なのだ。ゾラについて語るとき、その口調は熱気をおび眼はかがやいた。

それにくらべこの雨天のなか、しかも日曜日というのにひとりはるばるメダンまで出かける隣席の青年は一体何者だろう。彼はなかなかの男前だった。しかしその顔立ちは整いすぎていて、どことなくいやな感じをあたえる。彼はゾラよりも日本人であるわたしのほうに関心をしめし、たずねもしないのにパリにある日仏文化交流の機関のあり場所をおしえてくれたりするのだった。

サン＝ラザール駅からメダン駅まで約四十分。ふだんはひとつ手前のヴィレンヌ＝シュル＝セーヌという駅で下車して歩くのだそうだ。駅のすぐそばにゾラの別荘はあった。赤煉瓦の壁を蔦がはう小ぎれいな三階建の建物である。現在は虚弱児童のための公共施設になっている。ゾラを偲ぶ会が催されたのはそのなかの、彼の書斎だったという一室（これはそのまま保存されている）であった。集まった人の数は四、五十人というところか。用意された椅子にすわりきれず、立っている人もかなりいた。会場には演壇はなく、床にマイクが置かれてあるだけ。人いきれで息のつまるような暑さだ。

まず、トゥールーズ大学の若いゾラ研究家が「ゾラの視線について」と題する研究論文の一部を読んだ。ゾラの作品の主人公の視線は対象に魅せられると同時にそれに反撥し、嫌悪しているものの視線であるといった趣旨の話を、額に汗の玉をうかべてしゃべった。例の学生らしい少女は熱心にメモをとっていた。つぎに、五十くらいの男性がゾラの『真実』という作品の中の二ページを朗読した。

最後にエレンブルグが「ゾラとチェーホフ」の題でしゃべった。

配布された資料にイリヤ・エレンブルグの名を見つけたとき、わたしはひどく驚いた。あの有名なソ連の作家とこんな場所で会えるとは。当時エレンブルグは『雪どけ』の作者としてひろく名を知られていた。ただしわたしの好きなエレンブルグはまだ前衛的であった若いころの彼だった。その名前を見て驚いたと書いたが、考えてみると彼は何年間もパリに住んでいたことがあり、パリを愛しパリを第二の故郷と考えていたふしがある。今回もこの九月にパリで行われたスタンダール学会に出席し、そのついでにこのゾラを偲ぶ会に招かれたものらしい。それでもたまたまその会場で世界的に有名なソ連の作家の話が聞けるのは、やはり不思議な気がした。参加者の大半はエレンブルグが何者なのかよく知らないようだ。

エレンブルグはフランス語で書いてきた原稿を読んだ。彼のフランス語には多少のなまりがあるが、わかりにくいというほどではない（たとえば無音のeを発音する程度）。それよりも、かなりの高齢（七十五歳）のため発音が不明瞭なのが聞きづらかった。しかししゃべるにつれて語調には力がこもり、熱弁というにふさわしいものになった。ゾラとチェーホフとはまったく異なるタイプの作家だ。自分はチェーホフのような控え目なタイプの作家がすきだ。しかしこの両者に共通な点がある。それはともに真実の味方だったということだ。いかなる作家も、社会的良心というものがなければけっしてすぐれた芸術家とはいえないのである、云々。

講演がおわって一同庭へ出た。雨は止んでいた。行きの車中で同席したあのハンサム青年はわたしの方はふり向きもせず、若い娘の肩に手をかけて皆から遠ざかって行った。

庭は鉄道線路のほうに向かってゆるい坂をなしており、緑の絨毯のような芝生と色あざやかな花壇でかざられたその中央に、ゾラの胸像が立っていた。庭のはずれのうっそうと木の生い茂る並木道。このあたりをゾラは散歩しながら『ナナ』や『獣人』の想をねったり、モーパッサンやユイスマンスら若い友人らと『メダン夜話』の計画を討議したりしたにちがいない。

空気は湿り気をおびて重苦しかった。所在なげに庭をぶらついていると、エレンブルグの姿が目についた。ぼんやりと立っていた。日本でなら多くの取巻きにかこまれるだろうが、ここではそばに寄って来るものもいないようだ。一度、だれかと話をして握手していたが、たいていはひとりきりだった。その猫背ぎみのずんぐりした身体つきは、なにか巨大なひき蛙を想像させた。しかし何よりもわたしの注意をひいたのは、だぶだぶのズボンだった。しかもそのズボンはだぶだぶであるだけでなく異常に長く、靴のかかとからはみ出てすくなくとも五センチは地面に垂れ下っているのである。わたしはこんなに長いズボンを見たことがない。その異様なズボンが印象的で、わたしはあらためてエレンブルグの顔をながめた。顔はまったくの無表情といってよかった。そういえば講演の最中も終ってからも、彼は一度も笑わなかった。

なおしばらく見ているうちに、わたしはこの老作家の無表情とみえた顔がときおりしかめられるのに気づいた。彼は不機嫌のようだ。なぜだろう。あの長すぎるだぶだぶのズボンのせいだろうか。いや、そうではあるまい。わたしには、エレンブルグがあの異様なズボンをはいているのがわざとのような気がしてくるのだった。彼の孤独な姿から滲（にじ）み出る何か依怙地なもの――あのズボンは、現代の細いスマートなズボンどもへの当てつけではないだろうか。

しかし何よりもわたしの心を打ったのは、この無表情とも不機嫌ともとれる顔の表情の底にひそむ気味のわるいもの、ある種の険しさ、あえていえばいやらしいものだった。それはおそらく目つきから来ているのではないか。それは鋭い眼だった。険しい眼だった。しかしその鋭さ、険しさはけっして攻撃的な、いわば陽性のものではなく、たえず危険にさらされている人間がどの方面から出現するかもしれぬ敵にたいしてたえず身構えつづけているうちに身につけたいわば防御的な、陰性の鋭さ、険しさであるように思えた。こんなことを書くのはかならずしもわたしがすでに『わが回想』によって、エレンブルグがスターリン時代を如何にして生きのびたかを知っていたためだけではない。彼の目つきはたしかにはげしい権力闘争の場をたえず視線を周囲にくばりつづけながら辛うじて切りぬけてきた犯罪者の怯え、肌に染みついてしまった暗さが感じられたのである。これは日本の文学者にはみられないものだ。

その目つきはいま、メダンでゾラの愛好者たちの間に立っているときにも変らない。彼はやや猫背の大きな体軀をすでに衰えの感じられる脚で支えながら、地面を掃くズボンのことなどまったく眼中にないように、やや上目づかいに宙をにらんでいたが、やがてのそのそと動いてベンチに腰をおろした。わたしはその動きにさそわれるようにしてそばへ近づいて挨拶し、自分は日本からきた、今日のあなたの講演を聞けてとてもうれしいといったようなことを口にした。すると彼は「あーん？　日本？　ふーん」といかにも気のなさそうな返事をした。何もかもつまらない、といった表情をうかべて。

メダンを訪れたわたしは、ゾラよりもエレンブルグの印象にとらわれてしまった。しかし、彼の表情の暗さとはまた異なる暗さがゾラのうちにもあるのではないか。ドレフュス事件で活躍した進歩主義者というのは一面にすぎず、ゾラの本質にもなにか犯罪者めいた陰湿なものがありはしないか。わたしがゾラにひかれるのはその暗さゆえなのだ。そしてエレンブルグがチェーホフと同時にゾラにもひかれるとすれば、それはおそらく社会正義の味方云々ということよりもむしろ、両者に共通の暗さにエレンブルグ自身がひそかな共感をいだいているからではないだろうか。

庭に散った聴衆が建物のなかへもどりはじめた。帰る時間になったらしい。わたしも皆にまじって出入口のほうへ足をむけた。

エレンブルグはいぜんベンチにひとりすわっていた。前を通りすぎるとき、その禿げあがった大きな頭蓋とならんで、庭の中央に立つゾラの胸像が雲間をもれる残光をあびて緑の芝生を背景に小さくのぞまれた。

（「ＶＩＫＩＮＧ」一九四号、一九六七年一月）

*

小さな町で——シャルル＝ルイ・フィリップ

セリイの町役場はすぐに見つかった。建物の前の空地で小さな朝市の後片づけがおこなわれていた。そのわきへSが車を停めた。

役場に入り「秘書課」と札の出ているドアをノックしてなかをのぞくと、眼鏡をかけた中年の女性が柔和な表情を向けた。フィリップ記念館を見学に来たと来意をつげる。ガイドブックに見学希望者は町役場に申し出ることとあったので、念のためパリから電話で知らせておいたのだ。

秘書課のマダムは壁の時計に目をやった。

「いまからですと見学は午後二時からになります」

時計の針は十一時半を指している。午前の部はもう終了したということか。二時まで、昼食の時間をふくめてもかなり待たなければならない。仕方ないか、と言わんばかりにSと私は顔を見合わせた。

そのときドアが開いて、緑色のジャンパーを着た、白髪の、ずんぐりした体つきの女性が入って来た。

秘書課のマダムが笑顔を私たちの方に向けた。

「このひとが記念館の係なんですよ」

彼女の手には鍵があった。いま館を閉めて来たところらしい。

秘書課のマダムがそのひとに事情を説明するのにおっかぶせるようにしてSがしゃべり出す。

「われわれはわざわざパリからやって来たのです。いや、日本からと言った方がいいかな。このひとは」

と私の方に目をやって、

「フィリップの作品を日本語に訳したんです」

二人の女性はSの言葉というか気迫に圧(お)されたように見えた。なにごとか小声で相談してから秘書課のマダムが言った。

「じゃ、これから見学して下さい。あなたがたはほんとに運がよかったわ」

私たちは礼をのべ、シモーヌさん（それが記念館のマダムの名前だった）の後について外へ出た。

すこし行くと「シャルル＝ルイ・フィリップ通り」の標識が目についた。その五番地の白壁の二階建の家がフィリップの生家で、いまは記念館になっている。

〈小さな町〉セリイはフランスの中部ラリエ県の小郡（カントン）の中心地である。現在の人口およそ千六百というから、中心地といってもたしかに小さい。この町の木靴職人を父親としてシャルル＝ルイ・フィリップは一八七四年八月四日にこの家で生まれた。

記念館の一階は、フィリップの生い立ちや業績を紹介するさまざまなパネルに飾られている。父母、姉妹、学友らの写真や手紙。あるいは作品の紹介。『シャルル・ブランシャール』、『優しいマドレーヌとかわいそうなマリ』、『母と子』などからの抜粋。長篇が主で、私の訳した『小さな町で』などコントの資料はとぼしい。

フィリップにかぎらず、作家や芸術家の生涯についての資料の展示というものに、実のところ私はあまり興味がない。記念館はさっと見て、あとは町をぶらついて時間を過ごすつもりでいたのである。それが「運がよかった」おかげでシモーヌさんにつかまってしまった。

シモーヌさんにしてみれば、はるばるこんな僻地にまでやって来た、しかもフィリップの翻訳者たる者が資料に関心がないなんて考えられぬことで、それはまことに当然と言わねばならない。

だが、早速開始された熱のこもった説明を耳にした瞬間、ああ困ったことになったぞと私は覚悟をきめた。フランスの美術館などのガイド、いやガイドよりも講師の肩書の方がはるかにふさわしい案内人の博識と雄弁を、この小さな町の小さな記念館の係員も身にそなえていたのである。この熱弁は、私のフィリップに寄せるひそやかな愛情にどうもそぐわない。

持てる知識のすべてをあたえ、相手を啓蒙せずにおかぬこの情熱、それにたいしてはこちらも相応の態度によって報いなければなるまい。

ありがたいことにSがそばにいた。私の心中を察したかのように彼は私に代って向学心を燃やし、それを言葉で示してくれるのである。

フィリップはパリの名門校理工科大学を受験して不合格になった。文系の勉強はよくできたのに理系の方がだめだったのだ。——そんな説明にたいしSが質問する。

「なぜ高等師範学校を受けなかったのですか」

「彼はラテン語が出来なかったからです。当時は普仏戦争での敗戦の反省から富国強兵の教育がさかんで、フィリップの通っていたムーランの中学(リセ)でも理系の勉強に力を入れ、理工科大学への進学をすすめていたのです」

なるほどとSの質問のおかげで私は少し賢くなった気がする。

質問は関心のつよさのあらわれである。うるさがられるどころか、シモーヌさんは機嫌よくますます張り切る。つまりSの質問は彼女の教育的情熱の火に油をそそぐ結果となる。五分の説明が十分にも十五分にもなる。

ところがどうしたわけか(フィリップの訳者である私の顔を立てるつもりか)、彼女は熱心な聴講生であるSではなく私の顔を見ながらしゃべるのである。止むをえず、何時ものくせで機械的に合槌をうつことになる。

一階の奥の父親の仕事場のところまで来て、私はやっと一息ついた。

シモーヌさんが言う。

「作品から推してフィリップはとても貧しかった、と考えるのは正しくありません。お父さんは木靴職人として仕事場を持っていたくらいですから」

私は貧しい木靴職人の出てくるコントを思い出した。働けなくなると彼らは溜池で自殺するのだ。もっとも、フィリップの筆にかかるとその悲惨すらどこやらユーモラスではあるが。

私はシモーヌさんの言葉にうなずく。奨学金に頼ったにせよ、息子を都会の学校にやれるくらいのゆとりはあったのだ。

仕事場の壁には大型の鋸、大小ののみをはじめさまざまな工具と木靴が展示してあった。黒い漆塗りのものや革の飾り紐のついたものもある。木靴にもおしゃれというのがあったのか。コントのなかに、最近の若者は靴をはくようになって商売上ったりだ、とこぼす木靴職人がいたのを思い出した。

小さな木靴を指さしてシモーヌさんが言った。

「これは靴ではなく、このなかに熱い砂を入れておき、子供が寝るときに足を温めるものです」

「湯たんぽみたいなものですね」

すかさずＳが言葉をはさむ。

「そうそう」

シモーヌさんはこの〈よく出来る子〉に満足の体である。

そうこうしているうちに時間が経って、時計を見るともう十二時半、およそ一時間シモーヌさんはしゃべりつづけていたわけだ。そろそろ午前の部は終ってくれないかな。朝七時にパリを発ち、途中ドライブインで朝食はとったものの空腹をおぼえている。このひとだって食事をしなくてはならないだろうにと、疲れを知らぬ高齢の案内人の表情をうかがうのだが、相手はそんな俗なことは超越したみたいに言う。

「では二階にまいりましょう」

二階には、世界のさまざまな言葉によるフィリップの訳書を陳列したコーナーがあった。日本語のものは一冊も見当たらない。戦前から何種類もの訳が出ているのに。私は自分の訳したものを持参しなかったことを悔いた。日本を発つとき、こんどこそはセリイまで足をのばせるかもしれぬと、スーツケースに一冊入れておこうと考えていて結局忘れてきたのだった。

英語、ドイツ語、ハンガリー語、ポルトガル語（ブラジル）、さらにはアラビア語のものまである。それを珍しがると、シモーヌさんがガラスケースのなかから取り出して見せてくれた。添えられたフランス語の手紙にはおよそつぎのようなことがしたためられてあった。

自分は『小さな町で』と『朝のコント』が大変好きで、くり返し読んだ。そのなかの一篇「バターのなかの猫」を訳したので送る、云々。

発信地はバグダッド、一九五七年の日付がある。

一篇のコントの訳だから本ではなく、小冊子でもなく、わずか数枚である。そこにかえってこの訳者のフィリップへの思いが凝縮されているような気がした。

「バターのなかの猫」は私も好きな一篇だが、こんな話である。血気盛んな肉屋の男が、いたずらに農家の攪乳器のなかに仔猫を入れる。それを知らずに農家のおかみさんが牛乳をこねてバターをこしらえる。いたずらを知った彼女は仕返しに肉屋にそのバターを売りつける。

こんなグロテスクな話が好きなイラク人って、どんな男だろうと好奇心をそそられた。もっとも先方だって私にたいし同じような気持をいだくだろう。

「帰国したら私の日本語訳を送ります」

間のぬけたようなことを言うと、シモーヌさんは嬉しそうにうなずき、ガラスケースのなかの空いたところを指さしながら、

「近いうちにあそこにフィリップの眼鏡が陳列されることになっていますから、あなたの本もそのそばに」

〈残念ながらフィリップは眼鏡をかけても日本語は読めませんなあ〉と、これは胸のうちでつぶやいたことである。

時間はもう一時。これ以上質問などしてくれるなよ、と祈る気持でSの顔を見ると、さすがの彼も食事のことが気になりはじめたようだった。

「あなたも食事をしなければならないでしょう、われわれも……」

「そうですね」

シモーヌさんはやっと俗なる現実にもどってくれた。

「どこかいいレストランを教えて下さい」

「ええ。そこまで一緒にまいりましょう」

外へ出る。十月の厚い雲に覆われた空、しかし雨の心配はなさそうだ。忘れぬうちにと、記念館を背景に写真をとらせてくれとシモーヌさんにたのむと、

「おお、こんなむさくるしい恰好ではいや」

と、まるで若い娘のように羞じらい、大げさに断るふりをする。グリーンのジャン

パー、足もとを見ると黒のゴム長をはいている。

「午後から、もっとエレガントな服装をして来ますから」

そう言って笑う白い髪のシモーヌさんの顔が美しい。

フィリップの時代とそう変っていないようなひっそりと静まりかえった道を、レストランの前まで歩く。

「じゃ二時にまた記念館でね」

当然のようにシモーヌさんは言って、その先に停めてある車の方へ去って行く。ああ、見学は午後からも続くのである。

レストランのドアを開けたとたん、満席だとわかった。田舎町にそぐわぬような小ぎれいな店で、テーブルはみな土地の紳士淑女然とした客で占められている。団欒のざわめきとほの温い料理の匂いを通して一斉に向けられる好奇のまなざし。

入口近くに立ち竦んでいる私たちの方に向かって、女主人らしい中年のマダムが勢いよくやって来て、「満席です」と言う。その接近の仕方がまるで全身で闖入者を店の外に押し出そうとするように感じられ、私たちはあわてて退散した。

「なんやろね、あの満員の客。ここには観光客なんていているはずないのに」

おそらくレストランはここ一軒だけで、ひるめしどきには町の常連がおし寄せるのだ。

教えられたもう一軒の店の方へ行ってみた。スレート葺きの二階建で、“AUBERGE DU PONT”（橋亭）と看板が出ていて、その下に「カフェ・レストラン・ホテル」と書き添えられている。PONTは「橋」だが近くに橋らしいものは見当らない。店名にカッコがついているのも何やら訳がありそうだ。だがいまはそんな穿鑿をしているゆとりはない。

小さな扉を開けて入った。

一階がカフェ兼レストラン、二階が宿になっている典型的な田舎の居酒屋だった。奥の方にある食堂は一杯だが入口に近いカフェのテーブルでよければ、と女主人らしい女性が言ってくれた。話しぶりは無愛想だが態度は親切で、てきぱきとテーブルのうえに紙ナプキンを敷き食器を並べていく。カウンターで食後酒を飲んでいた男たちが珍しそうにこちらを振り返る。ハンチングをかぶった農民または労働者風の初老の男たち。日焼けした渋紙のような顔の肌、真赤な首すじ。

「いかにもフィリップの小説に出てくる人物みたいやな」

「そう。ここの方がよかった。さっきみたいなブルジョワ的な店でメシ食ったらフィリップにおこられるよ」

「フィリップの霊がわれわれをこの店に導いてくれたんや」

やっと食事にありつけるとわかって二人とも上機嫌である。ふと、この店の二階に泊って、夜はあの男たちと飲んで、翌日は二日酔になって……。もっと若かったらきっとそうしていただろう。

給仕の女は大柄で顔もいかつく、ほとんど口をきかない。メニューはなく定食だけ。ワインも赤か白かの二種類だけ。

まず前菜として大皿に生ハム、ソーセージ、サラミなどが出た。これだけで私は十分である。主菜は仔牛の煮込みにフライド・ポテトがこぼれんばかりに付いて出る。たちまちワインが足らなくなり、さらに注文すると空になった容器(キャラフ)を下げ、一杯にしてもって来る。さすがの大食のSも満腹のようでチーズはことわり、デザートにタルトをとる。勘定書を見ると一人六〇フラン、約千円。お代りしたワインの分も込みである。

ほろ酔い気分で店を出て記念館の方へ足を運ぶ。スレート屋根の古い石造りの家が並ぶ道に行きかう人の影もない。街のたたずまいは百年前と大して変っていないのだろう。しんと静まりかえったなかに、時を告げる教会の鐘の音がかろやかな澄んだひびきをつたえる。約束の二時である。

シモーヌさんはまだのようなので、かろうじて一軒みつかった雑貨屋に絵はがきでもないかと立ち寄ってみた。しかしセリイの町のもの、フィリップの生家の写真などは一枚も置いてない。

記念館の前まで来ると、ちょうどシモーヌさんの車が着いたところだった。

「すみません、遅れてしまって」

見ると忘れずに着替えて来ている。白いレースの襟飾りのついたブルーのワンピース、そのうえから黒のハーフコートを羽織って。頰がほんのりと赤いのは化粧のせいか、それとも昼食に一杯きこしめしたか。

見学は午前中にほぼ済んだはずだが、まだあと何があるのだろうと怯えつつシモーヌさんについて館に入る。いま、何がしたいですかと問われたら、私は即座に「昼寝！」と答えるだろう。これはSも同感ではあるまいか。

私たちは二階へ上り、フィリップの双子の妹ルイーズの部屋を見せてもらった。女ぎらいの気のあったフィリップにとって、このルイーズは母親とともに生涯もっとも愛した女性だと言われている。

私たちの見学はさいわいここで終った。その後なおしばらく自由に館内をぶらついていると、来館者署名簿が目にとまった。めくってみると世界各地からの見学者がそれぞれの言葉で感想をつづり、署名している。日本人の署名もみつかった。一九七七年八月に大阪のカップル、九一年七月には五人連れらしい女性の氏名。これはどういう人たちなのだろう。この田舎町まで足をのばすには相当なフィリップ・ファンでなければならない。私たちの知っている某大学の先生の名前もあった。日本人のものはいずれも署名だけで感想はひとことも記されていない。Sと私も署名し、平凡な文句を一行だけ書き添えた。

階段を下り、シモーヌさんに礼をのべて館を辞そうとした。すると彼女は、待ちうけていたように近寄って来て意外なことを言うのである。

「日本のプロフェッサーが二人も訊ねて来てくださって、たいへん嬉しく名誉に思います。じつはこの地方でこういう小冊子を発行していましてね」

差し出されたものを見るとLa lettre du pays de Tronçais（トロンセ通信）と読めた。トロンセというのはここセリイの近くの広大な森の名で、私たちも来しなに通りぬけたところだった。景色の美しさで有名な森らしい。

「それでね、いい機会ですからこの冊子にあなた方のことを書かせていただきたいのです。——じゃ、まずあなたから」

と、返事も待たずに小さなテーブルを挟んで私を坐らせ、メモ帳をひろげてインタビューの構えを見せる。

解放どころか最後にこんな試練が待ちうけていようとは。

そばに立ってにこにこしながら成り行きを見守るSがうらめしい。

質問がはじまった。

「どうしてフィリップを知ったのですか」

「大学生のときフランス語のテキストで読んで好きになりました。フィリップは日本ではかなり以前に翻訳され、ファンも多いのです。すくなくともわれわれの世代より上の人々の間には」

するとSが横から口を出して、

「日本には先駆者がいて、五十年ほど前に翻訳したのです。アナーキスト系の文学者で……ええと誰だったかな」

と私の顔を見る。

「ええと……小牧近江」

名前を思い出せて私はかろうじて面目を保つことができた。もっともシモーヌさんにとってはコマキ・オウミと言われても何ほどのことでもなかろう。

「つぎに、好きな作品は？」

「『アリス』、『再会』、それから……」

これはたくさんあって挙げきれない。

「『ずるやすみ』」

とSがまた口を挟む。

それじゃない、あれは何という題だったかな、おちぶれた姉妹が乞食となってバイオリンを弾き歌をうたいながら村々を回る話。ええと……、と翻訳者にあるまじき物忘れのひどさにわれながらあきれていると、

「『帰宅』？」

とシモーヌさんが助け舟を出してくれる。それではないのだが、それも好きだから「ウイ」と答えると、彼女はわが意を得たりといわんばかりにうなずいた。

家出をしたまま消息を絶っていた妻子もちの男がある日の夕方、突然家にもどって来る。妻はかつての彼の友人と一緒になっていた。男は夕食をふるまわれるが泊って行けと言われず、夜が更けてから荷物を持って出て行く。

「帰宅」は『小さな町で』の冒頭の一篇で、私がフランス語で読んだはじめてのフィリップの作品だったように思う。こういうコントの味は、ある年齢に達してからでないとわからないのかもしれない。

「アリス」は、新しく生まれた弟に嫉妬して食事を断ち、餓死する七歳の少女の話である。

「フィリップの作品には残酷なところとユーモラスなところが混じっていて、そこが好きです」

「私もそうですよ」

とシモーヌさんが応じる。そのときふと、「アマドゥーの娘」と、さきほど思い出せなかった乞食の姉妹の話の題が浮かんだ。

「どうもありがとう。では次はあなた」

「ええっ、ぼくまで？」

Sがそう日本語でいいながら私に代って〈被告席〉に着く。高みの見物をきめこむのはこんどは私の番である。

どうしてフィリップを知ったかについて私とほぼ同様のことを答えた後、Sはこんなことを言った。

「私同様、妻がフィリップのファナで」

ファナつまりファンというわけである。

うーん、女房のことを持ち出すのかと感じ入っていると、

「フィリップにはチェーホフみたいなところがあって、そこが好きです」

とつづける。あ、チェーホフか。先を越されたなと思ったが、しかしはたしてシモーヌさんがチェーホフを読んでいるかどうか。

これで〈訊問〉いやインタビューは終ったかと一息つきかけると、こんどはSが質問を始めた。逆襲である。他人に向かって臆することなくずばずば訊ねる日ごろの癖あるいは才能は、このフランスの小さな町においても遺憾なく発揮されたのである。

「マダム、あなたのフィリップとの出会いは？」

この質問がきっかけとなってシモーヌさんの略歴を知ることができた。この近くのモンリュッソン（そこにいまも住んでいる）のリセでフランス文学の先生をしていたころ、『ビュビュ・ド・モンパルナス』が芝居になったのを観てフィリップが好きになったそうであった。

「いまはこの記念館の館員なのですか」

「いいえ、臨時に働いているだけ」

シモーヌさんは笑って答える。

おいくつですかと年など訊かないでおいてくれよ、という私の心配はさいわいにも杞憂に終った。

その後で私たちはアドレスを交換し合った。シモーヌさんは名刺をさし出しながら、

「フィリップの日本語訳は私個人にではなく、セリイの町役場宛に送って下さい」

それから、フィリップ研究の文献はヴィシー大学のヴァレリー・ラルボー研究センターにそろっているからぜひ訪ねるようにと付け加えた。

館を辞する前にSが、案内してもらったお礼がしたいがと申し出ると、

「おお、ノン」

とつよく断った。彼が入口の机に置いてある入場券の方を見て、せめて入館料だけでもと重ねて言うと、

「あなたたちの後から訪れる人からもらいましょう。でも今日はもう誰も来ないわね」

と笑った。

外に出て、〈エレガントな〉服装のシモーヌさんと私と二人、館の前に並んだところをSに写真をとってもらった。

パリまで帰る道のりを考えるともうあまり時間がない。それでもシモーヌさんに教えられたフィリップの墓だけは見て行くことにした。

わずか数分のところに石塀にかこまれた墓地があり、門を入ると正面にフィリップの胸像が立っていて目をひいた。ブールデルの手になるもので、記念館に飾られている石膏像のオリジナルがこれである。

この墓には父母も妹も葬られている。墓石にはこう刻まれていた。

「文人　Ch－L・フィリップ　ここに眠る　一八七四年八月四日―一九〇九年十二月二十一日」

三十五年の短い生涯だった。一生、独身を通した。

墓石の土台につぎの文句が読めた。

「粗野な魂の持主は世のなかを駆けまわってそこに楽しみを見出すことができる。しかし繊細（デリケート）な魂の持主は大いに苦しまねばならぬ。　Ch－L・フィリップ」

セリイ訪問後数日たって帰国した私がシモーヌさんに記念の写真を添えた礼状と『フィリップ傑作短篇集』（福武文庫）を送ったのは、秋も終りのころであった。まもなくセリイの消印のある封書がとどいた。例のブールデル作のフィリップの胸像のカラー写真が同封されていた。

「……当地では京都の二人のプロフェッサーの来訪のことと、あなたの訳されたフィリップのコントのことが大きな話題になっています。役場での集まりのおり、ご本をみなに回しました。でも、あなた方はあんなにフランス語がおできになるのに、私たちには訳されたコントの表題さえ読めないなんて何と残念なことでしょう。せめて本の装丁の美しさと紙の質のよさを賞でるだけで我慢しなければなりません」とあり、さらにつづけて、

「あなたのご本はいま記念館のなかの、私が申し上げた場所に陳列されています。アンドレ・ジッドの献辞のあるポートレートと、アラビア語のコントの間に」

最後に私の質問への答えとしてセリイの人口の変化が示されていた。フィリップの生まれたころ（一八七六年）は二八七〇人、一九〇一年三〇〇四人、一九九〇年に一五九八人。この町も過疎化の傾向にあるらしい。

それから年が明け、〈一月十七日〉があった。その月のおわりごろ、またシモーヌさんから封書がとどいた。こんどは発信地はセリイではなく彼女の住むモンリュッソン、日付は一月二十二日だった。

「毎日私たちのもとに日本の地震のおそろしい映像がとどいています。あなたやご家族、ご親戚、お友だちが無事でありますように。京都の名は耳にしても、京都が

蒙った被害の話は出ませんから大丈夫なのでしょう。ただこう申し上げたかっただけです。あなたとお友だちがある日セリイの町に立ち寄って下さったために、このたびの大きな災害が身近に感ぜられるようになりましたと。セリイとここモンリュッソンではみながあなた方に思いをはせ、お噂をしております」

この手紙はまるで私が震災の直接の被害者であるかのようにつよく私のこころを打った。私は早速筆をとり、罹災者全員を代表するような気持をこめて感謝のことばを書きつづった。つかえて筆を休める間、「おお、こんなむさくるしい姿ではいや」と撮影をことわったシモーヌさんの表情、着替えて来たその胸に吊るされた眼鏡のひもの鮮やかなブルーの色などが瞼によみがえり、しばらく私は物思いにさそわれるのだった。

小さな町には小さな人々のゆたかなこころがあった。そのこころといま自分は結ばれている、フィリップを介して結ばれているとつよく思った。

（一九九五年六月執筆、翌年『太陽の門をくぐって』〔編集工房ノア〕に収録。サブタイトルは今回附した）

シモーヌさん

シモーヌさんとはふたたび会えることはないだろうと、なかば諦めていた。一九九四年の十月、友人とふたりでセリイにあるシャルル＝ルイ・フィリップの生家（フィリップ記念館）を訪れたとき、ゴム長を履いた質素な身なりの高齢の女性が、他に誰もいない館内を一階から二階へと付添って案内してくれた。そのときの模様はすでに他のところで詳しく書いたので、以下簡単にのべるにとどまる。

見学の後でその女性は、土地のミニコミ誌に私たちの来訪の記事をのせたいからと言って、フィリップについていろいろと質問をした。どうしてフィリップを知ったか、彼のどこが好きか、等々。

最初その外観から、臨時の受付係くらいにしか考えていなかったその女性は、なかなかの物識りだった。別れしなに訊ねると、ここの館員ではなく近くのモンリュッソンに住む元リセの教師で、シモーヌ・レイノーというものだと自己紹介をした。

それから一年ほどしてもう忘れたころ、「トロンセ通信」というタブロイド判の新聞が送られてきた（トロンセはこの地域の名で、近くに広大な森林がある）。第一面トップに「京都からセリイへ——シャルル＝ルイ・フィリップを経由して」の見出しの下に、私たちのフィリップ記念館訪問の模様がインタビューへの回答を引用しつつことこまかに報告されていた。大げさな、からかわないで下さいよ、そう胸のうちでつぶやきながら、私はあのときのシモーヌさんの北叟笑（ほくそえ）むような顔を思いうかべた。

その後も手紙のやりとりは続いた。さいわいなことに、シモーヌさんは筆まめな性（たち）らしかった。やや厚手の紙の表と裏に青いインキの万年筆でつづられたそのゆったりとした筆跡は善意あふれる鷹揚な人柄をしのばせ、読み返しているうちに懐旧の情がこみ上げてきて、もう二度とは会えまいという諦めの気持が少しは慰められるのをおぼえた。

手紙のやりとりという形での対話、それはこころが繋がっている証拠だ。こころが繋がっている以上、再会の希望は残されていると思いたかった。相手もまた、同じような思いでペンを走らせているのではなかろうか。

それから二年ほどたったある日、シモーヌさんから書籍小包がとどいた。開けてみて驚いた。彼女自身が書いたフィリップの評伝だった。

田舎の元リセ教師シモーヌさんはフィリップの愛好家にとどまらず、こんな立派な本を書くひとでもあったのだ。一九九六年七月印刷となっているから、私たちが会ったころにはすでにほぼ仕上っていたにちがいない。だが彼女は私たちに向かって、またその後の手紙のなかでも、それについてひとことも触れていなかったのである。

ムーランという田舎町でひっそりと出版され、「フランスおよび世界中のシャルル＝ルイ・フィリップの友達へ」捧げられた三百ページをこすこの評伝には、エピグラフとして彼の作品のなかからつぎの句が引かれていた。

「……なぜなら愛、それは拡がりそして増えるものだから」

「シャルル＝ルイ・フィリップの日本語の翻訳者　山田稔氏へ　生家訪問の記念に」の献辞を読みながら、シモーヌさんの「愛」が私にまで拡がってくるのを感じた。

この分厚い評伝の内容についてここで詳しく紹介するのはひかえる。

現在、セリイの墓地に眠るフィリップの墓石には、つぎの文句が刻まれている。

「粗野な魂の持主は世のなかを駆けまわってそこに楽しみを見出すことができる。しかし繊細（デリケート）な魂の持主は大いに苦しまねばならぬ」

この文句をフィリップの作品のなかから選んだのは、セリイの近くに住む古くからの友人エミール・ギヨマンだった。早くからのフィリップの紹介者小牧近江と親交があったこの社会主義者の農民詩人が、右のような禁欲的な文句を選んだのは理解できる。これについてシモーヌさんは評伝のなかで、つぎのようにのべていた。

「この文句は美しい。だが残念なことに、それはフィリップを永久に苦しみのイメージと結びつけてしまうおそれがある。じつは彼は人生を熱烈に愛し、はげしく享楽したのだから」

ここにシモーヌさんのフィリップ観が集約されているように思う。

本の礼状を出してしばらくたった一九九八年の春に、シモーヌさんからつぎのような手紙がとどいた。来年つまり九九年の五月十五、十六の両日、セリイ出身の三人の偉人シャルル＝ルイ・フィリップ、十八世紀の海洋探検家フランソワ・ペロン、十九世紀の彫刻家・画家マルセラン・デブーダンを顕彰するシンポジウムがセリイ市の主催で開催されることに決まった。ついてはあなたも何か報告してくれないだろうか。

私のこころははげしく揺れた。セリイ再訪の口実ができた、行きたい、だが報告は困る。フィリップのコントは訳したが、「研究」などしたことはない。

しばらくためらった後、私は断りの返事を出した。すぐに後悔の念がわいた。親切なシモーヌさんの頼みをにべもなく断ったうえ、二度とはあるまい再会の機会をみすみす逃がしてしまったのだ。

するとまた、シモーヌさんからこう言ってきた。研究発表でなく翻訳の苦心談でもかまわないが、お願いできないか。——シモーヌさんは粘りづよいひとであった。こちらが退くと、そのぶん前に出る。

来て欲しいというシモーヌさんの気持に私は負けた、というか救われた。一転して行くと決めた私は、つぎのような返事をしたためた。しゃべるのはかんべんしてほしい、ただの一聴衆として参加するのでよろしく。

その後、何とも言ってこなかった。諦めかけていると、年が変りシンポジウムの日も近づいたころやっと、美しい大小の切手で満艦飾のように飾られた大型封筒がとどいた。

シモーヌさんは病気だったのである。「静脈炎による合併症」で一月半ほど入院していて最近やっと家にもどったところだが、もう元気になっている。こんな事情で返事が遅れて申し訳ない。案内のパンフレットを同封する。――ほぼ以上のように書かれてあった。

退院して私の手紙を読み、すぐにペンをとった、そんな息づかいの感じられる文面をたどりながら、「静脈炎による合併症」とは具体的にどんなものかと想像した。血栓によるものであろうから、もう元気になっているとはいえ心臓や脳の障害が考えられた。高齢（一体、いくつなのだろう）を考えると、安心ばかりしてはおられなかった。

研究発表予定者リストに目を走らせていると、Mitsunori FUKUKURAという氏名が目をひいた。心当りのない人だった。発表の題目は「日本におけるシャルル＝ルイ・フィリップの作品」。

出発の十日ほど前になって、京都の福倉光紀さんから手紙がとどいた。龍谷大学の大学院博士課程で日本文学を研究中の若い人だった。追々わかったことだが、彼もまたフィリップ記念館を訪ねたさいにシモーヌさんを識り、このたび請われてシンポジウムに参加することにしたそうであった。

パリで二、三日過ごした後、私はシンポジウムの前日に鉄道でムーランまで行き、そこから出迎えの車で他の参加者とともに約四十五キロ離れたセリイに運ばれた。

アリエ県の小郡（カントン）の中心地とはいうものの、セリイは人口わずか千数百の、市というよりも小さな町または村である。フィリップの時代よりさらに小さくなっている。県庁所在地のムーランからは現在、交通の便はない。

町の中心の目ぼしい建物といえば教会、村役場といった感じの市役所、それにフィリップ記念館くらいである。ただ一軒しかない宿屋はすでに満室だったが、私は関係者の世話で、さらに車で十数分ほど走ったトロンセの森のなかの、木造二階建の小綺麗なホテルに泊ることができた。会場との往復は、会の運営委員の女性が車で送り迎えしてくれる。

「一つの小さな町　三人の偉大な人物」と銘打たれたシンポジウムは、市役所のそばの公民館風のホールを会場にして午前九時から始まった。迎えの車で会場に着いた私は、何よりも先ずシモーヌさんの姿を探した。しかしどこにも見当らなかった。関係者に訊ねても、はっきりした返答はえられない。失望と同時に、体調が悪化して出席できなくなったのではないかと、にわかに心配になってきた。私がここまでやって来たのは何よりも、シモーヌさんと再会するためである。

会の第一日目がフィリップに充てられ、それも午前と午後の部に分れていた。福倉さんがしゃべるのは午後である。

午前中は数名の大学の先生がひとり二十分ほど、早口でしゃべった。私の関心をひくものはなかった。発表者のなかで異彩を放ったのは、もじゃもじゃと頬ひげを生やした、身なりをかまわぬ、いささか無頼じみた風貌の老人だった。呂律のまわらぬ話しぶりに最初、失礼にも酔っぱらっているのかと怪しんだが、そうではなく病気の後遺症とわかった。それは作家のジャン＝ピエール・シャブロルで、むかしジョルジュ・ブラッサンスとふたりでフィリップを賞讃しながらパリの街を歩きまわった思い出を原稿なしで語った。これが唯一、私の興味をひいた「発表」だった。日本で親しまれているフィリップのコントを取り上げたものはひとつもなかった。

午前の部が終ると、会場のロビーで簡単なカクテル・パーティーが開かれた。やっとシモーヌさんに会えたのは、その会場でであった。

黒い開襟のブラウスのうえから、紺の地に白い花模様を散らした薄いカーディガンといった地味な服装だった。五年の歳月はこの老婦人をさらに老けさせていた。少し太ったようだが、それは健康のしるしとは映らない。真白になった髪が後退して大きな額があらわになっている。

シモーヌさんはどこか茫とした眼ざしでこちらをながめ、おだやかな微笑をうかべて佇むばかりだった。みずから動こうとはしなかった。胸に描いていたようなドラマチックな再会の場面、熱い抱擁、そんなものは気配すらなかった。〈シモーヌさん、あなたに会いに来たんですよ〉、そんなうわついた文句が胸のうちでたちまちしぼむのを覚えながら、私はゆっくりと近づいて行った。そのときになって思い出した。そうだ、このひとはついこの前まで病気だったのだ。そう気づくと、身のこなしの緩慢さも顔の表情の乏しさも理解できた。

私たちは遠慮がちに手を握り合い、短い挨拶の言葉を交した。心のうちで準備していたあれこれの言葉は消え失せ空白が、沈黙が生じた。

五年前、初めて会ったときのシモーヌさん、記念館のなかを、私が悲鳴を上げたくなるほど精力的に案内してくれたあの活力、あの雄弁はどこへ行ったのか。病後とはいえ、これでは別人ではないか。

そのとき、だしぬけにシモーヌさんが言った。

「あなたも何かしゃべるのでしょう？」

「え？　いいえ」

あわてて打ち消したが、これはもう逃れようがないと観念した。はるばる日本からフィリップの翻訳者がこの集まりに出席していて何もしゃべらずにいる、そんなことが許されるはずがない。シモーヌさんの面目にもかかわる。それどころか、このシンポジウムを侮辱することにさえなるだろう。

午後の部は三時半に始まって、最初が福倉さんだった。明治以降の日本でのフィリップの作品の紹介のされ方についてしゃべった。けっして上手なフランス語ではなかった。しかし聴衆は熱心に耳を傾けていた。われわれのフィリップが遠い日本でこんなに古くから知られ、愛されていて、そのことを若い日本人がたどたどしいフランス語で懸命に伝えようとしている、その真摯さが何よりも土地の人たちの胸を打ったのだった。終ってからの拍手もひときわ大きかった。

その後で指名された私は何の準備もないまま、頭のなかの乏しいフランス語の単語をひとつひとつ拾い上げるようにして、自分にとってのフィリップ——大学でフランス語のテクストとして読んだこと、コントという短い形式によって人間のこころを、ときにはひとつの人生を表現するみごとさ等々、要するに以前シモーヌさんにしゃべったことを繰り返してお茶を濁した。そして最後に、フランスでは今もフィリップはよく読まれているのだろうかと、以前から気にかかっていたことを訊ねてみた。

この質問にたいしある大学の先生が答えた。たしかにフィリップはもう読まれなくなっている。もっとも、ラ・フォンテーヌを知らぬ子供がいるくらいだから、と。すると土地の小学校の女の先生が、フィリップの名誉のためと言わんばかりに急き込んで反論した。今でも教室で彼のコントを読んで聞かせると、子供たちは大変おもしろがる云々。どうやらフィリップのコント（その全部ではあるまいが）は、フランスでは子供向けのものとみなされているらしかった。

会の間、シモーヌさんは何をしていたのだろう。あの立派な評伝の著者だから、ここではフィリップの専門家として一目置かれているにちがいない。会場で何か発言してもよさそうなのに。しかし彼女の姿は見当らなかった。

その日の夜九時から、会費制の夕食会が開かれた。公民館の大ホールに長机を何列か並べた急ごしらえの会場、料理や飲物、サービスその他、設営はすべて会の運営委員と町の有志によるものらしかった。町の人たちも多数加わり、余興もあって賑わった。

シモーヌさんの姿は依然、見当らない。やはり病後だから欠席なのだろう、無理もないと諦め、福倉さんと並んで席をとった。おたがい役目を終えてほっとして、思う存分日本語でしゃべり合って周囲のことを忘れた。

ふと見ると、シモーヌさんがいた。何時の間にか筋向かいに坐っている。おどろいて二言、三言テーブルごしに話しかけてみたが、仮設舞台での歌や踊りのにぎわいに搔き消され、声がとどかない。

シモーヌさんは上体を椅子の背にあずけ、まわりの人たちともほとんど口を利いていなかった。疲れが出たのだろう。昼間会ったとき以上に放心したような、物憂げなところが顔の表情といわず、その大柄な体の全体から感じられた。いわば長老格のこのひとが特別扱いされることもなく一会食者として坐っている孤独な姿は、この国らしいとはいえ、やはり見るのが辛かった。

九時に始まった会食は、フランスでは普通のことだが時間を忘れたように延々とつづき、気がつけばもう真夜中だった。それでもシモーヌさんは律儀にも残っていた。早く帰ってお休みなさい、と声をかけたくなった。

そこへ同じ方向に帰る送迎係の女性がやって来て、そろそろ引き揚げようと促した。断るわけにはいかない。私は後ろめたい気持で席を立ち、シモーヌさんのところへ挨拶に行った。

あっけない別れだった。シモーヌさんはうっとりしたような（それは疲労でそう見えたのだろうが）笑みをうかべ、坐ったまま上体をよじらせて手を差しのべた。大きな、分厚い手だった。何だか言葉がいっぱい詰まったような眼で私を見上げ、ひとこと「メルシー」とだけ言った。

私もうまく言葉が出なかった。まだこのひととは何もしゃべっていないのに。

「おやすみなさい。またあした」

きっと〈あした〉があると自分に言いきかせてその場を離れた。

翌日、結局シモーヌさんは会場に姿を見せず、私は後ろ髪を引かれる思いでセリイを離れた。

京都にもどってから一月あまり経ったころシモーヌさんから、いつものように美しい記念切手を何枚も貼った小包がとどいた。

大きなアルバム状の書物だった。30×20センチの横長で、紺のクロースに金箔押しでFLORILÈGE DU PAYS DE TRONÇAIS（トロンセの国の詞華集）と記されていた。本文はアイボリーの上質紙で一六九頁、奥付によると刊行は一九八七年、千五百部の限定出版で、私のものには1489の番号が入っていた。

シモーヌさんが序文を書いていて、それによると、トロンセの森とその周辺の美と神秘を讃えかつ後世にそれを伝えるためにこの書を編んだとあった。有名無名を問わず、この森を識りそれについて語った作家たちの文章が順不同に並べてある。各ページに挿絵を描いているのは、フィリップ全集とおなじジャック・ポワンソン。

引用されている三十名の作家の有名組にはフィリップをはじめアンリ・アラン゠フルニエ、ジャン・ジロドゥー、ヴァレリー・ラルボー、アンヌ・フィリップ、古くはジョルジュ・サンド、セヴィニェ夫人の名まであった。

小包のなかにはこのほかにシンポジウムのときの写真、その模様を報じた地方紙「ラ・モンターニュ」の記事の切り抜きが入っていた。

添えられた手紙にはつぎのようにあった。

「あなたがトロンセのホテルに泊って、少しは森をごらんになれてよかったと思います。このつぎにもっと長く滞在され、そして私が現在のように元気でいられたら、私の山荘にお泊めして、〈森〉の最高の美へとご案内いたしましょう。ここの景観は今日までとてもよく保存されていますから」

トロンセの森のはずれのあの瀟洒な宿が脳裡によみがえった。黒ずんだスレート葺きの屋根とかわいらしい煙突、小窓、花々に飾られた小庭。宿から数分のところにある小さな湖水の岸辺に坐って、あたりを支配する神秘な静寂のなかを伝わってくる小鳥の鳴き声に耳を傾けていた夢のような時間。……

〈森〉のことに触れた後で、シモーヌさんはシンポジウムの話題に移っていった。ふたりの日本人がはるばる参加してくれたことの意義の大きさ、聴衆のおぼえた感動の深さを力説し、「あなたがたはあの会の clou でした」と書いていた。clou という言葉を辞書で調べると、普通使われる「釘」のほかに、催しものなどの「目玉、呼びもの」という意味があることがわかった。手紙はつぎのように結ばれていた。

「フィリップの家での私たちの最初の出会いを神に感謝します」

この出会いがシモーヌさんだけでなく私にとってもいかに大切なものであったかをあらためて覚った。すべてはそこから始まったのだ。

いささかも衰えの感じられぬ力づよい筆跡を目でたどっているうちに、シモーヌさんの健康状態についての懸念は薄らぎ、静脈炎による合併症のことも忘れた。その手紙はまた、はるばる訪ねて行きながらゆっくりと話し合う機会を持てなかったうらみを、いくぶんか慰めてもくれた。

そしてまた私は、ごく一端を垣間見たにすぎぬ広大なあの〈森〉の奥深い秘所をシモーヌさんに導かれて訪れる日のことに思いを馳せた。それは遠い遠い未来の、あの世のなかでのできごとのように感じられた。

翌二〇〇〇年の年賀状は二つ折りの、〈森〉に咲く紅紫色の花のカードで、一月十四日の日付になっていた。

「友情にみちた年賀状のお礼として〈森〉のナデシコの花をお送りします。あなたの賀状はいちばん早くとどいただけに、いっそう嬉しいものでした」。そしてさらに、「フランスを襲った暴風の災害のことはお聞きおよびのことと思います。トロンセの森も被害をうけましたが、さいわいにも酷いものではありませんでした」と書き添えられてあった。
つねに〈森〉を慈しみ、その被害をまるで身内の不幸のように語るシモーヌさんのうちに、先年、阪神大震災のとき早速見舞い状をくれたひとの思いやりの深さをあらためて感じた。

このカードを書いてから一月あまり経ったころ、シモーヌさんはこの世を去った。私が知ったのは半年以上も後の十月になってからで、福倉さんの手紙によってだった。フィリップ友の会の紀要の、黒枠にかこまれた追悼記事のコピーが同封されていた。

「シモーヌ・レイノーは二月末、突然われわれのもとを去った」で始まるその文章には正確な死亡月日、死因、享年などは記されていなかった。突然と書いてあるところをみるとおそらくは脳血栓か心臓の発作だったのだろう。

業績として、永年にわたる教育活動、地元ブルボネ地方の民衆演劇の育成、フィリップの生家の記念館としての整備、五巻から成るフィリップ全集編集への協力、評伝の刊行（好評のうちに売切れた）、そして最後に、トロンセの森の保護に尽力した功績が挙げられていた。

すでに私の知っているそれらのいわば公的な経歴に目を通しおわって、私はシモーヌさんの生涯についてじつは何も知らないことに気づいた。どのような過去を持っていたのだろう。おそらくはパリで過ごしたであろう青春時代、その喜びと悲しみ、名前から推してユダヤ系とわかるこのひとの第二次大戦中の苦労、等々。……

シモーヌさんからもらった手紙は、絵葉書を合わせ十通ほどあった。当然のことながら、そこには私の想像の手がかりになるような個人的なことがらは——自著への言及すら——一切なかった。まるで自分個人のことには関心がないかのように。

そのかわり、ほとんどの手紙でも愛と慈しみをこめて語られているのはトロンセの森のことだった。

いまもシモーヌさんのことを思い出すとききまって浮かんでくるのは、あの病み疲れた痛ましい姿ではなく、十年前、初めて会ったときの、ゴム長を履いた素朴な身なりのシモーヌさんの凜々しい姿である。そのゴム長の爪先とかかとに、私は胸のうちで泥をこびりつかせる。そしてさらに空想する。フィリップの家の案内人である以上に、彼を育んだトロンセの森の番人であったシモーヌさんはあのとき、きっと〈森〉のなかから出て来たところだったのだ。いま彼女はひとり、その広大な〈森〉の奥深く、自分だけが知る森の「最高の美」へ還って行った。そしてそこでみずから愛と友情の一本の大きな樹となる。

（「みすず」二〇〇四年三月号）

ポー、ふたたび――ロジェ・グルニエの場所

トゥールーズ発十時五分バイヨンヌ行の列車は内部が懐しい車室型だった。最近はこの型のものは減りつつある。車室の予約番号を探し当て戸を開けると、あかりの消えたままの薄暗い室内には誰もいない。入口の座席表示によれば、六席のうち予約済となっているのは私の席だけである。

見送りに来てくれた友人と別れの握手をかわし、ひとりになって座席に腰をおろすと、にわかに旅情というか旅の緊張感が胸をしめつけてくる。しんと静まりかえった車内のどこかから、ときおり騒々しい話し声や笑い声が聞こえてくる。この列車の行先のバイヨンヌはスペイン国境のすぐ近くだから、かの国の陽気な若者たちかもしれない。

そのにぎやかなグループと、薄暗い車室の一隅にひっそりと坐っているこの私をのぞけば他に乗客はひとりもいないのではあるまいか。ふとそんな思いが胸をかすめる。日曜日の朝から旅に出かける者がそうあろうはずがない。寂しくはあるが、騒々しい若者との相席よりはこの方がましだ。

車室には、しかし発車時刻が迫っても誰ひとり入って来る者はいない。気がつくと例の騒々しい話し声もいつしか止み（あれは見送人だったのか）、いまは車輛全体が森閑と静まりかえっている。車内灯はいぜん消えたままで、窓から入る曇天の薄明かりのなかにうずくまっていると、列車はこのまま永久に停っているのではあるまいかと不安にさえなってくる。

発車五分ほど前になってやっと生きているしるしのように室内灯がともり、スピーカーから行先をつげる声が弱々しく流れ、そして定刻になると音もなく列車は動き出した。

およそ三十年ぶりにふたたびポーへ。そこへはむかし同様鉄道で行きたいと思っていた。飛行機あるいは車で行けば、やはり町は相貌を変えてしまう。汽車で、十分な時間をかけて、町のおもかげを胸のうちで反芻しながら近づいて行くのでなければならない。その道すじが前回と異なるのは仕方がない。最初のときはパリ・オーステルリッツ駅発ボルドー経由で行ったのだったが、今回は逆にまずトゥールーズで三泊した後、そこから西へ向かうのである。

ポー。フランス西南端、スペインのバスク地方に接する当時のバス＝ピレネ、現在のピレネ＝ザトランティック県の県庁所在地。人口八万あまりのこの地方都市で、私は語学研修生の一員として一九六六年の夏をすごした。一行がこの町に着いたのは七月なかばをすぎたころだった。町はふかい静寂のうちに眠っているように見えた。これでも県庁所在地なのか。中心をすこしはずれると人の姿は稀になり、道をたずねることもできない。住民は町を研修のため集まって来た他国者に明け渡し、ヴァカンスとやらに出払ったようだ。たしかにヴァカンスは〈空っぽ〉を意味する。この発見は新鮮なおどろきだった。

〈空っぽ〉とはいえポーは私の知った最初のフランスの町で、それだけに目にするものひとつひとつが珍しかった。この小さな町の静寂と倦怠、そしてそのなかでの戸惑いや怠惰な日常を、後に私は「夏の日々」という文章につづった。

その後フランスを訪れる日本人の数はふえ、行先もパリ以外の都市にまでひろがったけれど、ポーについて語る人はまれだった。ここにはアンリ四世の生まれた城をのぞき、とくに見るべきものはなさそうだった。近くのルールドに詣でる熱心なカトリック信者や観光客も、中世の古い城市の残るカルカッソンヌは訪れてもポーまで足をのばすことはないだろう。

その辺鄙な、私自身忘れかけていた町とふたたびめぐり会えたのは些細なきっかけからだった。ある年、大学の語学のテクストにとりあげたロジェ・グルニエの短篇「春から夏へ」のなかにピレネ大通り、ロワイヤル広場といった地名が出てきて、おやと思って注意して読むと物語の舞台はポーであることがわかった。

ロジェ・グルニエは一九一九年にノルマンディー地方のカーンに生まれ、ポーのリセで学んでいる。『シネロマン』という長篇小説が邦訳されていて、その舞台もまたポーだとわかった。戦前この町で映画館を経営する両親を助けて働く少年の物語は、ほぼ作者自身の体験と重なるようである。自分がむかし一夏を過ごした田舎町を舞台とする小説をつづけて二つ読んだということに私は何か因縁じみたものを感じ、ロジエ・グルニエという作家に親しみをおぼえはじめたのだった。

ガリマール書店の原稿審査委員のひとりであり、十数冊の小説を出しているこの作家のことは、しかし日本ではあまり知られていない。リセ時代のアルベール・カミュの哲学の先生であったジャン・グルニエと混同されることが多い。それにロジェ・グルニエ自身、戦後カミュらと「コンバ」紙でジャーナリストとして働いた経歴をもち、またカミュについての著書もあるだけになおさら間違えられやすいのである。

グルニエとの縁は、私が彼の異色の短篇「フラゴナールの婚約者」を訳して『フランス短篇傑作選』（岩波文庫）におさめたことで深まった。そしてその一篇が機縁で、私は後にグルニエの『チェーホフの感じ』の翻訳をみすず書房から出版することになる。

チェーホフを介して、このフランスの作家にたいする私の親愛の情はさらに増した。そして翻訳作業の間、質疑応答の手紙のやりとりがおこなわれるうちに、私は以前にポーにしばらく滞在したことがある旨を打ち明けた。するとすぐに返事が来て、ポーをご存じとはおどろいた、ポーの町の写真に自分が文章を添えたものが出版されているから進呈するとあり、まもなく「あなたのポー滞在の記念に」という献辞のある『ポーのイギリス人邸宅』（一九九一）と題する八十ページほどの写真集が送られてきた。写真はアンヌ・ギャルドという女性。見開きの右のページが黒白の写真、左がグルニエの文という構成である。写真は、十九世紀後半から二十世紀初頭にかけてポーを避寒地に選んでいたイギリス人貴族の別荘(ヴィラ)をうつしたもの。その華麗優雅な建物の外観、室内装飾、家具等々のイメージは私の知るポーの姿とはあまりにかけ離れていて、記念になるどころかそこから締め出されたような気になった。この町についてのグルニエの造詣のふかさに圧倒された私は、ポーを知っているなどと打ち明けたことを恥じた。

このようにして私はグルニエを介してポーにふたたびめぐり会い、またポーを通じてグルニエに近づくのだが、この縁はまだまだつづくことになる。

開港後まもない関西国際空港から私がフランスへ発ったのは十月(一九九四年)はじめのことだった。出発に先立ちグルニエに手紙を書いた。近くフランスに行くことになったが、この機会にポーを久しぶりに訪ねてみたい。ずいぶん変っているだろうから最近の町の事情などについて教えていただければ幸いである。そうしたため、パリのホテルのアドレスと電話番号を書き添えておいた。

じつを言えばこのときはまだポーを訪れるというより、トゥールーズに住むフランス人の友人を訪ねるついでにちょっと立ち寄るくらいの軽い気持だったのである。

パリ到着の翌朝十時すぎに電話がかかってきた。女の声なので、ついフランスにいる女友達だとばかり思いこんでくだけた口調で応じると声がちょっと違う。おや、と緊張する私の耳につぎのようなフランス語が聞こえてきた。

「アロー、ムッシウ・ヤマダ？　ボンジュール、ロジェ・グルニエの妻ですが」

私はおどろき、思わず受話器を握りしめた。

「ロジェが忙しいので代りにお電話します。明日の昼お暇でしょうか」

「ええ」

「じつはたまたまポーの大学の先生が仕事の打ち合わせのためロジェに会いに来るんです。あなたがポーのことを知りたいとおっしゃっているから、またとない機会だと思うのですよ」

やわらかな、やさしい声を聞いているうちに私の緊張はいくぶんゆるんだ。

「それでね、あまり急なことで失礼ですけど、明日昼食にうちにいらっしゃいませんか」

「はい、ありがとうございます。恐縮です」

私は受話器を耳に押し当てたまま何度も頭を下げた。

「そうですか。よかった。住所はごぞんじですね」

と言ってから、門の入り方などを説明してくれた。

「では明日の十三時にね」

「ありがとうございます」

その言葉を私はほとんど上の空でくりかえした。

この突然の事態について考えるゆとりが生じたのは、受話器を置いてベッドの上にひっくり返り一息ついてからだった。渡りに舟とはこのことだが、あまりにうまく出来すぎてはいまいか。私がまずおぼえたのは喜びよりも当惑だった。突然何か目に見えぬ大きな力、誇張していえば運命の力によって摑まえられたような気がした。あるいは——これはちょっと失礼なたとえだが——軽い気持でちょっかいを出した女に(ポーの大学の先生というのは女性なのだ)取っ捕まったような。

そしていま私はその運命か何だか知らぬ力に背を押されるようにして雨もよいの空のもと、日曜日の朝のがら空きの列車の車室におさまってポーに向かっているのである。

上空を覆う雲は厚みをましていく。前方の暗雲の垂れこめているあたりはすでに雨が降っているにちがいない。このあたりも昨夜は降ったらしく沿道のところどころに水溜りが白く光っている。雑木林、小川、白い牛が草をはむ牧草地、枯れたトウモロコシ畑。列車は田舎駅にいちいち律儀に停っていく。乗り降りする者がいるのかどうか。不気味に静まりかえった雨ざらしのプラットフォームに空しくひびく駅名をつげるスピーカーの声。このわびしい無人の風景のなかでは、孫らしい女の子の手をひき線路上を渡って行く黒いネッカチーフをかぶった老女の姿すら珍しく、私は車窓に顔を寄せ見えなくなるまで目で追った。

招待された日の当日、約束の時間に七区のバック通りにある建物のインターフォンを押すと、待ちうけていたように夫人の声がエレベーターで五階へ上るよう告げた。降りたところが玄関の入口で、グルニエ夫妻が出迎えに出てくれていた。

グルニエ氏は身長一六五センチほどの私よりやや低い、小柄な体つきのひとだった。濃紺のスーツ、淡いブルーのカッターシャツにえんじの無地のネクタイ。白いがまだ豊かな髪。透明にちかい縁の眼鏡の奥の眼は、新聞の顔写真の印象ほどではないが、それでもやや沈鬱な内向的な表情をたたえている。対照的に夫人のニコルさんの方は電話の声から想像したとおり開放的で明るい性格の持主らしかった。いきいきとした表情をうかべてしゃべるその声、その笑みには夫の作品を翻訳してくれた者への感謝とねぎらいの情があふれているように感じられた。まるで旧知の間柄のようなくだけた夫妻の物腰に私の緊張感がほぐれ、なにか懐しいような気分につつまれるのだった。

ポーの大学の先生を待つ間、私たちはサロンでシェリーを飲みながら雑談した。しゃべるのは主に夫人の方で、グルニエ氏はときどき言葉を挟む程度である。数年前に二人で日本を訪れたときの印象を語った後、夫人は私の方に向きなおってたずねた。

「こんどフランスに来られたのはお仕事のため？」

「いいえ、何というかな。——日本語に〈ココロノセンタクヲスル〉という表現があります」

そう言って私は〈心の洗濯をする〉をフランス語に直訳してみせた。夫人がちょっと考えこむ風なので、「つまり習慣からぬけ出すというか……」

と補うと、

「想像力を刺激するためってわけですな」

とグルニエ氏がもの静かな声で、さすが小説家らしいコメントをつけ加えてくれた。

やがてポーの先生が到着し、グルニエ氏が私たちを引き合わせてくれた。私にとってポーの化身ともいうべきそのひとは、マダム・フィエヴェという中年の女性だった。眼鏡をかけた、栗色の髪の、がっしりした体格の持主で、体つきにふさわしい声でしゃべる。大学では文学部で主に外国人留学生相手に講義をしているそうだ。ゆっくりと解りやすいフランス語をしゃべるのはそのせいだろう。

飲みものをたずねられると、

「お水をいただければうれしいわ」

と答え、持って来られたグラスの水を一気に飲み干すとふうっと大きく息をついた。

昼食になった。フィエヴェさんが最近訪れたタジキスタンの悲惨な状況について熱をこめて報告する。あんなところまで一体何をしに行ったのだろうと、とにかくその精力的な活躍ぶりに身の縮む思いでもっぱら黙って聞く、いや聞くふりをすることにした。へたに話に加わったりしたら何時までも私の食事は終るまい。

やがて話がポーのことになり、ムッシウ・ヤマダはかつてポーの夏期研修に参加したことがあるそうだとグルニエ氏が言うと、スポットライトが当てられた格好で、私はたちまちフィエヴェ先生の質問によって沈黙の殻からせせり出されてしまった。

「どんな先生の講義をうけられましたの」

一瞬、私は返答に窮した。しかしこれは当然予想される質問だったのだ。あわてて頭のなかを探すが、とっさに名前が完全な形では浮かんでこない。で、いさぎよく白状することにした。

「じつは〈エコール・ビュイソニエール〉で勉強したものですから……」

するとグルニエ氏がいかにも愉快そうに笑って、

「ムッシウ・ヤマダは〈エコール・ビュイソニエール〉で学んだそうだよ」

と夫人の方の向いて繰り返す。

《école buissonnière》とは、もとは中世にプロテスタント教徒がひそかに野外(buisson)で開いた学校のことだが、そこで学ぶとは現在では学校をさぼってぶらぶらすることをさす。〈道草学校〉とでもいうか。

話の腰を折られたように黙りこんだフィエヴェ先生にたいし、私は心中申し訳ない気持でいっぱいである。

食後、サロンにもどると話はふたたびポーのことになった。

「私はポーを離れてずいぶん久しいので、現在のことは知らないのです」

とグルニエ氏が言ったのは意外だった。今もときどき訪れることがあるのだろうと考えていたのだ。

「そうね、ロジェの描くポーはかなりフィクションが多いわね」

とフィエヴェさんが言うと、すかさず夫人が、

「当然ですよ」

と弁護する。

「実際のポーの町のことはマダム・フィエヴェにたずねてください。せっかくの機会だから」

彼はそう言うとソファの背に上体をあずけて黙りこんだ。

フィエヴェ先生の質問が再開される。

「とくにごらんになりたい場所は？」

「とくに……、たとえばピレネ大通り、ロワイヤル広場、クレマンソー広場……」

憶えているかぎりの場所の名を挙げてから私は急いでつけ加えた。

「要するに、ちょっとpromenade sentimentale（感傷的散歩）をする程度で……」

しだいに追いつめられていくような焦りをおぼえ、あわてて予防線を張ったのである。あまり本気に考えられては困る。

「それで、どれくらい滞在されますの」

「五、六時間」

「あら、たったそれだけ？」

グルニエ氏も意外そうな表情を浮かべてこちらを見る。

じつはトゥールーズの友人を訪ねた帰りに立ち寄るので、ポーには昼すぎに着き、六時ごろの列車でパリにもどる予定だと打ち明けると、

「それじゃ、こうしましょう。午後四時に県庁の前で落ち合う。いかが。車で案内してあげます」

そして名刺を取り出し、裏に自宅の電話番号を記して、

「もし何か変更があればお電話ください」

あえなく突破されたわが予防線の裂け目から、善意の分厚い胸がぐいぐい押してくる。思わずよろけそうになりながらメルシ、メルシとこればかりは馬鹿のひとつおぼ

えのように繰り返したあげく、私は〈エコール・ビュイソニエール〉出にふさわしい愚問を発した。

「あの、どこかいいレストランがあるでしょうか」

昼めしどきに着くことが頭にこびりついていたのだ。

「レストラン？」

意外な質問にも彼女は動じる色を見せず、

「駅の正面にいい店があります」

教えてもらった店の名を私は丹念にメモした。

グルニエ氏と女史はこの後に仕事の打ち合わせがあるはずだ。長居は無用と腰を上げかけて、持参した短篇集 La fiancée de Fragonard（『フラゴナールの婚約者』）にサインを求めることを思い出した。グルニエ氏は気軽に応じ、本をもって奥に消えた。そのすきに夫人がサロンの片隅に置かれた耳のもげた大きなクマのぬいぐるみを取り上げ、

「ロジェは十八のときまでこれを抱いて寝てたのですよ」

といたずらっぽい笑いを浮かべる。

グルニエの字は小さくてひどく読みづらい。献辞のなかにどうしても判読できぬ文字がひとつあるのでたずねた。

「ロジェは字がへたでね。小学生のとき、あまりひどいので親が先生に注意されて、ロジェはそれで傷ついて。ふだん原稿や手紙はみなタイプなの。誰も読めないから」

本の見返しには細い黒のボールペンの小さな字でつぎのように記されてあった。直訳すると、

山田氏のために
彼が私と私の本のためにしてくれた苦労にたいし多大の感謝の念をこめて、そしてまた心からなる共感をいだいて。

ロジェ・グルニエ

この日の訪問にはうれしいおまけまで付いていた。今日はゆっくり話ができなかったからまた別の日にと、夫妻は私をカクテルに招いてくれたのである。

車室にはいちど車掌が検札にやって来た以外はいぜん人の出入りはない。ひるまえ

に車内販売のワゴンが通りすぎる。そろそろ腹がへってきたが、昼食はポーでと決めている。ポー着が十二時五十二分。フィエヴェさんから教わった店でひるめしを食ったりしていればすぐ二時だ。それから約束の四時までが私の〈感傷〉に残された時間である。それで足りるのか足りないのか。はるばるパリから、いや京都からやって来てたったの二時間。そのはてにポーの化身のごとき人が待っている。……

ルールド。いまも奇蹟を信じて各地からの巡礼が絶えないカトリックの聖地。ここは以前ポーに滞在中、八月十五日の聖母被昇天の祝日に私もいちど見学に訪れ、世界各地からやって来た巡礼たちの長い列に目を見張ったことがあった。しかし今日はひっそりと静まりかえっている。ルールドを出るとおよそ三十分でいよいよポー。トゥールーズを出てから約三時間たっていた。

ポーは小さいながらこの沿線では中心的な都市である。大学もある。駅舎もそれにふさわしい、といっても日本の田舎駅ほどもない簡素なたたずまいを見せている。

小雨が降っていた。下車した数人の乗客がたちまち消え失せた後の無人の駅構内をすこし歩いてみる。どこもかしこも閉まっていた。売店、食堂、案内所、いずれもあかりが消えている。わずかに人影の見えるのは乗車券売場の窓口だけ。待合室も空っぽだ。何ということか。いかに日曜日とはいえ、これでは廃駅同然ではないか。

かろうじて機能していたコインロッカーに荷物を預け、雨に濡れた駅前に立つ。広場をへだててそそり立つ芝生の斜面を見上げた瞬間、およそ三十年前ここへ降り立った日の情景が遠い夢のようによみがえってきた。おそい夏の夕暮れ、まだあかあかと緑の斜面を照らしていた陽の色。そして不安と期待にときめく若いこころ。……

この高台のうえにポーの街はひろがっている。斜面をつづらおりにくねる石段の白い線。ケーブルカーでも上れるはずだ。しかしその前に腹ごしらえをと駅の正面へ目をやると、たしかに教えられたとおりの名のレストランが見つかった。近づいてなかの様子をさぐると、どうやら気の張る店のようだ。それにこの時刻、ひどく混んでいるにちがいない。ひとり客は断られそうだ。

勝手にそう決めてケーブルカー乗場へ足を向ける。「入口」と矢印のある方へ進んで目に飛びこんできたのは〈Fermé〉の文字だった。ただそれだけ。理由は示されていない。日曜日だから運休なのか、それとももう用いられていないのか。あたりのさびれぐあいから、どうやら後者のようだ。パリの銀行、郵便局、駅その他の窓口でしよっちゅう見せつけられたあの無情な〈Fermé〉の顔をここでもまた。今日は町全体が〈閉まっている〉のかもしれぬ。

やはり地面を一歩一歩踏みしめて近づいて行かねば、と痩せ我慢しながらゆるやかな石段を上りはじめる。その私を迎えるように、笑うように、高台には旗が立ち並んでいる。

上りきったところ、崖っぷちにそって走る通りがピレネ大通りだった。あ、こんなところだったか。馴染みの場所に早々と出られて気持がすこし落ち着く。晴れていれば遠くピレネ山脈が望めるはずだが、今日は視界は雨雲にとざされている。それでも突き出た見晴らし台には望遠鏡をのぞく人の姿が見えた。

もどって来たかすかな土地勘をたよりに歩き出す。するとすぐ、小さな公園風の広場に出た。標識を見ると、Place Royale（ロワイヤル広場）と読めた。なんだ、ここか。探しもせぬうちに見つかってしまって、今度はむしろ拍子ぬけだ。

児童公園ほどの広さの広場には人の姿はなかった。厚い緑の葉をつけた樹木、たしか菩提樹だ、その立ち並ぶ木々の葉むらのせいで、そこだけ夕闇がたれこめているように小暗く見える。小さな音楽堂も昔のままだった。昼のように明るい夏の日曜日の夕暮れどき、ここで催されていた市民のための音楽会は今はどうなったか。扇形に並べられた折りたたみ椅子にまばらに腰をかけ神妙な表情で耳を傾けていた黒い帽子、黒いドレス、黒い靴下と黒ずくめの生白い顔色の老女たち。曲はヨハン・シュトラウス、オッフェンバック、スッペ。

この広場での音楽会の模様をグルニエは、一九三〇年代のリセの生徒のあわい恋を扱った短篇のなかで描いている。それは今も変らないのではないか。

「菩提樹の葉むらの間を走る色とりどりの電球の列が花飾りのように見えていた。音楽会のプログラムの緑やオレンジの紙が木の幹に鋲で留めてあった。指揮者はこんな野外の舞台にはもったいないような、白い口ひげを生やした沈鬱な面持ちの堂々たる紳士だった。ふしぎなことに、この音楽会のことを思い出そうとして何時も胸にうかんでくるのはしんと静まりかえった情景である。夏の夜のひっそりと静まりかえった沈黙、そこにティンパニー奏者のトライアングルの澄んだ音がひとつだけ、チーンとひびく。そしてまたその間にまぎれ込む、見晴らし台のうえで追っかけっこをする子供たちの時ならぬ喚声」（「春から夏へ」）

広場を通りすぎ、ふと見つけた小さなホテルの受付で市街地図を求めたが、その地図はやたらに詳しく、おまけに活字が小さすぎて眼がくらみそうだ。美術館はどこかとたずねると、今日は閉まっている、お城は開いているから、と地図で示してくれる。礼をのべてホテルを出る。美術館に用はない、ただその位置を知りたいだけなのだ。それを目印にして探し出したいところがじつはあるのだが。

手ごろなレストランで簡単に昼食をすませると、いよいよわが〈感傷的散歩〉の第一目標に向かわねばならない。まず美術館、と私の記憶は告げている。美術館のそばにたしか「オテル・デュ・ミュゼ」という小さなホテルがあって、その一階がカフェ兼バアになっている、いや、なっていた。あの頃、私が研修会場よりも足しげく通ったのがそのバアなのである。そこがいわば我が〈エコール・ビュイソニエール〉跡というわけだ。

暮れなずむ夏の夕べ、学生食堂でまずい夕食をすませた後、学生寮行のスクールバスの出る九時までの時間を私はそのバアのカウンターでコニャックを飲みながら過ごしたものだった。杯を重ねるうちにバスに遅れることになる。時間が迫っても私の体は動かない。自分でひそかに〈囚人護送車〉と名づけていたそのバスに講習に熱心な先生方と身を接して乗り合わす、そのことに私はどうしても慣れることができなかったのである。

スクールバスの出た後はもう他に交通機関はなかった。タクシーなど、このヴァカンスのさなかに見つかるだろうか。しかも夜も更けたこの時刻に。バアの主人はタクシーなどとんでもない、自分が車で送ってやると言ってきかない。その言葉に甘え私はさらに杯を重ねる。ああまた明日も宿酔で講習を休むことになるなあ。そんな歎きもやがて忘れ、つぎに気がつくと上機嫌で歌をうたったり主人に日本語の挨拶の仕方を教えたりしている。私よりいくつか年上らしい陽気な主人は右の手が萎縮して赤子の手のように小さい。握手するとき彼のさし出す左の手を私は甲のうえから握るのだった。そのつるりと乾いた感触がおよそ三十年の歳月をへだてたいま、傘の柄をにぎる私の手によみがえる。

あの主人はその後どうなったか。左手一つで車を運転して深夜の道を町はずれの学生寮まで送りとどけてくれた色の浅黒い、がっしりした体格の、ついに名を訊きそびれたまま別れたあの中年男、彼こそ私がポーで知り合い今も忘れずにいる唯一の人物なのだ。研修会の講師の名は忘れても、バアの主人の容貌と陽気な声はしっかりと記憶に刻みつけられている。だが教育熱心、謹厳実直型のフィエヴェ女史に向かって、案内してほしいのはじつはそのバアなのですとどうして打ち明けられよう。そのバアのカウンターの高い止り木に腰をかけ、昔どおりマルテルのコニャックの二、三杯も飲みたいのですなどと。いや案内は要りません、これだけは自分で探し出します。

道行く人にたずねると美術館は難なく見つかった。その通りの両側に目をこらしながら行き来する。ホテル、ホテル——あった。しかし名がちがう。標識には、記憶にある〈オテル・デュ・ミュゼ〉でなく〈オテル・サントラル〉と出ている。あれ、ここではないのか、と様子をうかがう。たしかに一階がカフェ兼バアで二階から四階までが客室だが、みなよろい戸が閉まっている。名が変ったのか、記憶ちがいなのか。美術館(ミュゼ)のそばだから、〈オテル・デュ・ミュゼ〉と勝手に思い込んでいたのか。

その前を通りすぎ、広い敷地の建物にそって行くと門のところに出た。リセ・ルイ・バルトゥー。ああ、ここだ。私たちの研修会場となったのがこの学校なのだ。日曜日のため閉まっている厳しい鉄格子の門の前に立つ。夕食後、まだ明るいなかをいそいそとこの道をたどり……するとやはりあの〈オテル・サントラル〉、日本風に直せば〈セントラル・ホテル〉こそが私の探し求める場所にちがいない。きびすを返しふたたびホテルの前にもどり、今度は入口のガラス扉に顔を寄せてなかをのぞく。人影はない。受付も空っぽ。空家同然だ。隣接するカフェの方をのぞいた。ここもあかりは消え、薄暗がりに椅子とテーブルが並んでいるだけで人の気配はまったくない。テーブルのうえに投げ出された格好のスポーツ新聞、あれは何時のものだろう。店の奥に見えるバアのカウンターと高い椅子。そこに腰かけている私の黒い後ろ姿。

空しいと知りつつ入口のガラス扉を押してみる。Fermé。

思いつめた気持がしぼみ、同時に笑いがこみ上げてきた。

わずかな残りの時間さえ持てあまし、しかしとにかく待ち合わせの場所だけは確めておこうと、通りがかった白髪の老婦人に後ろから声をかけた。ふり返った相手の顔が一瞬、怯えの表情に強張るのがわかった。

「すみません、県庁はどこでしょうか」

彼女はほっと表情をなごませ、

「ああ県庁ね。すぐそこですよ。ほら、あそこ、信号のむこうに木が見えるでしょう。あれが県庁。でも今日は閉まってますよ」

「クレマンソー広場は？」

「県庁の前あたりがそうですよ」

礼をのべて去ろうとすると、

「私も同じ方向に行きますから」

と私に付添う形で歩き出す。

「今日は日曜日で、おまけに雨でしょう。この街のことを知ってる人は通りにはあまりいませんよ」

よくぞこの私にたずねてくれたと言いたげな満足そうな微笑を浮かべ、やがて立ち止まると念のため県庁の方を指さして別れて行った。

「ありがとうございました」

彼女はどこもかしこも〈閉まっている〉この街でわずかに開いている窓、そこにちらりと顔をのぞかせた貴重な存在だった。この町で言葉らしい言葉をかわした唯一のひと、あの老婦人の声、やさしい笑顔のことは何時までも忘れないだろう。そう思いながら、私は明るい色のコートにつつまれた丸い背の後ろ姿を見送った。

クレマンソー広場の周辺の商店街はスーパーマーケット、カフェまでもがシャッターをおろし、あるいはFerméの札を出していた。もうおどろかない。むしろ誰にともなく、ざまあみろと叫び出したくなる。

広場のはずれに、傘もささずに顔を寄せ合って話している数人の中学生ほどの年ごろの男の子。一体、どんな相談ごとがあるというのか。彼らもまた日曜日からさえも閉め出されて。……

片足を水につけて水浴びする裸婦像の立つ中央の池、それをとりかこむ暗緑色のベンチ、これはむかしのままだった。ある日曜日の午さがり、このベンチに所在なげに腰をおろしていた童顔の若い兵隊、彼はいまごろどこで何をしているだろう。思い出すことがあるだろうか。近づいて来てタバコをねだった女のことを。二人並んでタバコを吸いながら言葉をかわしたことを。女が去った後も彼はじっと坐りつづけていたが。……

時計を見るとまだ早い。しかしカフェも閉まり時を過ごすすべもない今となっては、一刻も早くフィエヴェさんに会いたい。そう思いつつ県庁の前に場所を移す。すると私の気持に応えたように一台の車が目の前に停り、ドアが開いて姿を現したのはまさにそのひとだった。

「ボンジュール、マダム」

と声を弾ませ手を差しのべると、肉の厚い手にしっかりと握り取られた。

「ようこそいらっしゃいました」

黒のスーツの胸もとからバラ色のセーターがのぞいている。

「ご機嫌いかが」

「ええ、でもお天気が……」と答えると、

「昨夜から降り出したのですよ。それまではすゝばゝらゝしゝいゝお天気だったのに」

「すばらしい」のところを誇張して発音しながら、彼女は自分のせいのように口惜しがる。

「さて、どうしましょう」

私を助手席に坐らせ、ハンドルに手を置くと彼女は眼鏡ごしに私を見つめてたずねた。

「二つのプランが考えられます。——ところで〈感傷的散歩〉はもう済みましたか？」

「はあ」

〈感傷的散歩〉に思わず苦笑をさそわれる。

「じゃ、グルニエ・コースでまいりましょう」

わが意を得たりと言わんばかりに、彼女は勢いよく車を発進させた。

「週末にグルニエさんのところにカクテルに呼ばれたそうですね。電話でちょっと聞きましたけど。いかがでしたか」

「楽しかったです」

「それはよかった。グルニエ夫妻はとてもいいひとです。礼儀正しいし」

私はふかくうなずいた。

グルニエ家で夕方一時間半ほど、私たちはカナッペをつまみシェリーを飲みながら歓談したのだった。私はグルニエの作品を話題にすることはなるべく避けた。彼が創作の領域に踏み込まれるのを拒む作家であることを彼の書いたものによって知っていたからである。それに初対面のとき、私は彼が内気な、俗にいう〈シャイな〉ひとだという印象をもったのだった。しかし話はどうしても文学の方に向かう。グルニエが『チェーホフの感じ』のなかで触れ、また他の作品のエピグラフにその言葉を引いてもいるシャーウッド・アンダースンについてたずねると、自分は若いころアメリカまでインタービューをしに行ったことがあるとこともなげに言った。そしてアメリカの小説ならフラナリー・オコナーがすぐれていると、ちょっと珍しい作家の名を挙げた。夫人も同感のようで、とくに書簡集がすばらしいと声をつよめた。

いまあまり読まれなくなっている〈マイナーな〉作家にたいする好みの点で、どうやら私たちは一致しているようだった。すこし安心した私は、これだけはたずねたいと考えていたことを思いきって口にした。

「ご自分の作品でいちばん好きなのは何ですか」

一瞬考えてから、グルニエはかすかな笑みを口もとに浮かべて答えた。

「その日によりけりですね」

はぐらかされたというよりも、いかにもこのひとらしい返事だと納得していると、彼は言葉をつづけて、

「『水の鏡』は自分では気に入ってないのに、アカデミー・フランセーズの賞をもらったりして」

と苦笑を浮かべ、それからはにかむような表情で、

「『黒いピエロ』という小説はあまり評判にならなかったが自分では気に入っていま

してね」

その作品は知らないと答えると彼は言った。

「ポーを舞台にした青春時代の物語です。さしあげたいがいま手許にはない。旅からもどったらガリマール社の方へ取りに来て下さい。こちらから電話しますから」

――このようにして私は親切なグルニエ夫妻のもとで楽しいひとときを過ごしたのだった。

自作をあげつらわれることを嫌うグルニエ本人に代るように、フィエヴェ女史は私を彼の作品ゆかりの場所に案内してくれた。まず連れて行かれたのは『シネロマン』の舞台となった映画館の跡だったが、貧しい界隈ということ以外、市のどのあたりに位置するのかすら見当がつかなかった。いまは映画とは関係のない二つの建物に分かれている。かつては隣接してダンスホールがあり内部でつながっていた。ダンスホールではいかがわしい男女の交際がおこなわれていて、それを嫌うグルニエの母親が通路をふさいでしまったため映画館の人気が落ち、廃業に追い込まれたという。現在は映画館はスペイン移民のための施設、ダンスホールの方はスポーツ・ジムに変わり、こちらは繁昌しているようだ。

「グルニエは七年間をポーで過ごしました」とフィエヴェ先生の説明がつづく。

「父親は飲んだくれで、よく行方不明になったりして、少年のころグルニエはそれはそれは苦労したものですよ」

「じゃ、ポーの町にあまりいい思い出をもっていないのでしょうね」

「いえ、いえ、大変懐しがっています。ポーは彼の青春でしたからね」

「なるほどそうですね」

私はおのれの質問の愚かしさに気づき赤面した。

「以前はグルニエはポーでは嫌われていたのですよ。当時のこの町のプチブルの生態を赤裸々に描き出したものだから。でもその世代の人たちもいなくなった現在では、彼は町の名士のひとりです」

フィエヴェさんは誇らしげにこうのべた。来月、市の文化祭でグルニエ展が開かれ、彼が講演をしにやって来る。演題は「変らぬ発想の源としてのポー」というのだそうである。カミュの『表と裏』についても喋る予定だと女史はつけ加え、

「私はその催しの責任者なので、最近グルニエのものは全部読みました」

先日パリのグルニエ宅にやって来たのもその仕事の打ち合わせのためだったのだ。

道理で詳しいわけだと納得しながらも、持てる知識を余すところなくあたえようとする彼女の熱意に私ははやくも疲れはじめる。しかしいまは狭い車の中に閉じ込められている身、むかしのように抜け出して道草をくうことは許されない。

あとはもうフィエヴェ先生の教育的情熱の奔流にあっぷあっぷしながら身を任すしかない。ここが『冬の宮殿』に描かれているどこそこ、ここが当時グルニエが住んでいた家、「ほら、この入口の石段の様子などそのまま描かれているでしょ」そう言われてもその小説を読んでいない私はただ「ウイ、ウイ」と生返事をしながらうなずくのみである。えらいことになったな。これではポーへの旅でなくグルニエへの旅になってしまった。思わぬ収穫であるにちがいないが、グルニエ自身はこんな文学遺跡めぐりの対象にされるのをどう考えるだろうか——などと歎いている間も講義はどんどん先へ進む。

たまりかねて腕時計をのぞいた。

「電車は何時でした？」

「六時すぎですが、少し早目に駅に着きたいので五時半ごろに……」

「わかりました。まだまだ大丈夫」

それから彼女はポー大学の広大なキャンパスをひとめぐりした後、駅の方に向かった。

「あの……」

さきほどから気になりながら言いそびれていたことを、ついに私は口にした。

「どこか開いているスーパーマーケットみたいなところはありませんか。車中で食べるサンドイッチでも買っておきたいので」

言い終ったとたん、一時間半にわたる〈講義〉の後でするにはあまりにも場ちがいな、というか失礼な質問だと気がついた。

「だめ、どこも閉まっています」

女史はきっぱりと言い、ちょっと間をおいて、

「うっかりしていました。何か用意しておけばよかった」

とひとりごとのようにつぶやく。これ以上弁当の心配までさせたらバチが当ると恐縮しながら、私はあわてて「いや、いいのです」と打ち消した。

車はやがてピレネ大通りを走り、坂道を下って駅前に着いた。かっきり五時三十分だった。雨は止んでいた。車を降りると、私は知っているかぎりの単語を総動員して

礼をのべた。解放と同時に、女史の善意の有難味が全身を大きくあたたかく包むのが感じられる。

「またポーに来られることがあったらぜひ連絡して下さいね。名刺はさし上げましたね」

「はい」

私はこれを最後と厚い眼鏡のレンズごしに相手の目を見つめ、差し出された手をしっかりと握った。

「オルヴォワール」

「ボン・ヴォワイヤージュ」

二、三歩行きかけたとき、背後に彼女の声が聞こえた。

「何か食べるものが見つかることを祈ります」

駅の様子がちがっていた。明かりがともっている。売店が、食堂が開いている。いくつもの人影が動いている。新聞や雑誌を買う人、何か飲んでいる人。駅が、いやポーの町全体がいまやっと目覚め、いまやっと〈開いた〉かのようだ。

コインロッカーから荷物を取り出すと、食堂のバアでまずそうなサンドイッチを買い、バッグに押し込む。これくらいのものは車内で買えるはずだとわかっていても、胃袋の裏がわに張りついた食いはぐれの怖れをどうしても振りはらうことができないのだ。

「みつかりましたよ」と胸のうちでフィエヴェさんに報告してからビールを買い、テーブルに腰をおろして飲みはじめる。冷たいビールが腹にしみていくのが目でたどれるようだ。やれやれ、やっと済んだ。安堵感とともに全身から力がぬけていき、それにつれ腹の底から気泡のような笑いがこみ上げてきた。さて、ポー再訪の様子を、パリにもどってどんな風にグルニエ氏に報告したものか。……

改札機に切符を差し込んでパンチを入れてから、雨ざらしのプラットフォームに出た。田舎町の駅にしては予想を上まわる数の乗客だ。週末をここで過ごし職場へ、学校へと戻って行く人たち。よく見ると大半は見送人らしい。

その黒々とした人の群に混じりこんだとたん、こころはすでにポーを離れパリに向かっていた。いましがたこの土地で過ごした時間が、〈感傷的散歩〉が、グルニエの遺跡めぐりが、早や過去のなかに解けこみはじめている。おなじ過去の時間のなかに前後もなく並んで頬笑みかける追憶の貌。ロワイヤル広場の野外音楽会、手の不自由なバアの主人、教育熱心なフィエヴェ女史、そして道を教えてくれたあの親切な老婦人。

「列車が到着します、ご注意ください」

スピーカーの声がしずかに告げる。

「十八時三分発、パリ行TGV。停車駅はダックス、ボルドー、ポワチエ、終着駅パリ・モンパルナス」

抱擁しあう男と女、男と男、女と女。

そのもつれが解けて人々の群が荷物とともに移動しはじめる。

一歩、二歩私も前に出る。

「アタンシヨン・シルヴプレ！」（ご注意下さい）

するどくさけぶスピーカーの声。

荷物を持つ手に力がこもり、私は一歩後にさがる。

強烈な光芒が轟音とともに近づいて来た。

（「みすず」一九九五年二月号）

テス・ギャラガーを読んでいたころ

テス・ギャラガーと瀬戸内寂聴の対談が「婦人公論」にのっているのを、昨年暮れの新聞広告で知った。テス・ギャラガーはレイモンド・カーヴァー（一九八八年歿）の妻だった詩人・小説家で、私には特別の思い出がある。

この二人の意外な組合わせに興味をそそられた私は、近くの本屋で「愛と、別れと、書くことと」と題されたその対談に目を走らせた。過去において何人かの男性を愛し、別れ、そして小説を書きつづけてきたこの二人の女性がそれぞれの体験を語り合うというか、実際には、二十年ほど人生の先輩である瀬戸内寂聴がもっと恋をしなさいと相手を励まし、けしかけている、そんな印象をうけた。

意外な組合わせと書いたが、じつは十年ほど前の一九九一年にもこの二人はたぶん同じ誌上で対談をしているらしかった。テス・ギャラガーの最初の短篇集『馬を愛した男』の邦訳が出たのを機に、版元の中央公論社が招いたのであろう。そしてちょうどそのころ、私はこのアメリカの作家の作品をはじめて知ったのだった。

一九九一年一月二十日、湾岸戦争勃発直後の緊迫した情勢のなか、私は伊丹空港から三カ月の滞在予定でパリへ発った。そして機内で目を通した朝日新聞の読書欄で、テス・ギャラガーの短篇集『馬を愛した男』の紹介記事に出会ったのである。

筆者の黒井千次によれば、例えば「娘時代」という短篇はつぎのような話らしかった。

はるばる会いに出かけた昔の親友がすっかりボケていて、こちらのことを全然憶えていない。それでも二人は親友同士のように振舞い、一夜をともにして別れる。

こんな奇妙な、古いとも新しいともいえるような老女同士の友情が、低くささやくような語り口で物語られている。——そう黒井千次は書いていた。

いかにも私好みの小説に思えたので、パリに着くと早速、ちょうど後からやって来ることになっていた友人に手紙を書き、この本を買って来てくれるようたのんだ。

その年の一月から四月にかけて私が泊っていたのは、パリ五区のカルチエ・ラタンの裏通りにひっそりと建つ、往年の下宿屋を思わせる老朽ホテルであった。

ここを選んだのは自炊ができ、風呂が付いていて、しかも安いという三つの条件を満たしていたからである。とくに二番目の、シャワーでなく風呂というのが、風呂好きの私には肝腎な点であった。

部屋は最上階の七階にあり、広くはあるが前世紀の名残りのような、古色蒼然たる感じをただよわせていた。安物ながらも家具類はすべて木製で、プラスチックのものは一つもなかった。椅子の座面は革張り、肱掛椅子の背は擦り切れてはいるもののビロード張りであった。それはすべてうれしいのだが、困ったのはスプリングの弛みきったベッドで、過去代々、そこに身を横たえてきた人々の体の跡をとどめて窪んでいたのである。

それにも目をつぶるとして、驚くというか感心したのは電話機であった。壁に取付けられたエボナイト製とおぼしき光沢を失った黒いその電話機は、受話器を鉤で本体に引掛ける式のものだった。フランス語で「受話器を取る」を décrocher（鉤からはずす）という、まさにそれである。そしてこの電話機では直接、部屋から外へはかけられないのであった。外から私にかかってくる電話も直通でなく、いちど交換を通す必要がある。そのさいの呼出しのベルの音がまた、ブーンブーンと低く唸るようなすさまじさで、そのつど私は何ごとかと跳び上った。もっとも、受付には誰もいないことが多く、したがってそのおそるべき音に脅されることは稀だったのであるが。

電話をかける必要が生じると私は部屋を出て、七階からゆるく螺旋をえがく暗い階段をとことこと歩いて下りて、一階ロビーの片隅に設けられた公衆電話を利用した。エレベーターがないわけではなかった。しかしそれは上り専用だったのである。

たとえば私が一階から七階に上ったとすると、降りしなにRC(一階)のボタンを押して下へ戻しておかなくてはならない。もしもその操作を怠ったなら、エレベーターはそこ(七階)に停まったままで、一階からボタンを押しても下りて来ないのである。そしてそうした場合はけっして稀ではなかった。私は粗忽者を呪いつつ、また一方でこれも足腰を鍛えるチャンスだと自ら慰めつつ、一階から七階まで歩いて上ったものだった。重い荷物を持っている場合は、エレベーターが停まったままでいる階まで歩いて上りそれに乗って下りて来て、あらためて荷物とともに希望の階まで上る、という手順をふまなければならない。事実、私がこの宿に着いた日、受付にいたマダムは、訝しがる私をそのようにして七階の部屋に案内してくれたのだった。

宿泊施設としてはあきれ返るほどだが、この下宿屋の創業が一九〇七年にさかのぼると聞かされると、すべてなるほどと納得できた。

一階の薄暗いホールの奥に、受付とはお世辞にも呼べぬ陰気な穴ぐらのような部屋があって、二人の老女がつけっ放しのテレビを見るともなしにながめていた。姉妹だそうだが、どちらも相当の高齢のうえ体つきもよく似ているので、最初は見分けがつきにくかった。外見とは逆に、背筋がまだいくらか伸びている方が姉で、背がくの字というか、それ以上に曲がっている方が妹だった。姉はルネ、妹はイヴォンヌといい、この方が宿の主であった。

後日教えられたことだが、イヴォンヌが生まれたのは一九〇七年、つまりこの下宿屋の創業の年で、それならば私が下宿した当時、八十四歳だったことになる。

イヴォンヌにはいろいろとゴシップがあり、私たちの間で有名なのは伊吹さんにまつわるものであった。伊吹さんとは、私たちが京大仏文科の学生のころ主任教授であった伊吹武彦先生のことである。なんでも、若き日の伊吹さんがパリ留学中（一九二〇年代後半）この下宿に泊っていて、イヴォンヌといい仲になったというのである。

後年、この宿の宿泊人（日本人の先生が多かった）の一人から伊吹さんが亡くなったことを知らされたとき、イヴォンヌははるか遠く若き日のことを振り返るように顔を持ち上げ、皺の奥のくぼんだ眼に涙をうかべたそうであった。

そんな噂を耳にしていたので、私は到着の挨拶ついでに「ムッシュウ・イブキの教え子です」と自己紹介をした。しかしその種の言葉はすでに聞き飽きているらしく、イヴォンヌは九十度ほども曲がった上体をわずかに持ち上げ、私の顔をちらと見て、「ああ、そう……」とつぶやいただけであった。

建物と同じほど古いこの女経営主のうちに、その電話機やエレベーターと釣合う時代おくれ、非能率、よく言えば大らかさが見られたとしても驚くことはなかった。

部屋代は、私のような長期滞在者の場合も日割計算で何日かごとに請求されたが、その間隔は一定でないことがやがてわかった。ある日一階の郵便受に、私の姓と宿泊期間と金額をボールペンで記入した小さな紙切れが入っている。私はそれを持って部屋にもどり計算をし直す。日ごろ、古い帳簿に顔をくっつけるようにして何やら書き込んだり消したりしている老女の姿を見るにつけ、不安の念を拭い去ることができないのである。

こうして私はあるとき、請求された金額の方が自分の計算より少ないことを発見した。しかもその差額が千フラン、当時のレートで約二万四千円もある。私はマダム・イヴォンヌのところへ行きそのことを指摘した。すると彼女はみずから計算し直すこともせず、また驚きあるいは感謝の色を見せたりもせずに、ただ口のなかでぶつぶつと何ごとか呟いただけで差額の千フラン札を受け取り、請求額を訂正もせずに、その紙切れの余白に判読不能の細かい文字で受取りのサインをしただけで返した。私が不審の色をうかべるのを見た姉のルネが、〈これでいいんだよ〉と言わんばかりにうなずいて見せ、まるで時候の挨拶でもするようなのんびりした口調で「このひとは千フラン損するところでしたよ」と言って声を出さずに笑った。

友人が忘れずに買って来てくれた『馬を愛した男』(The Lover of Horses) を私が読んだのは、右のような環境のなかでであった。

まず一番最後の、書評で紹介されていた「娘時代」(Girls) から始めた。

主人公の老女の名はエイダ、訪ねて行く親友はエスターという。娘のころ、隣同士の家でメイドをして働いていた。しかしそれ以来、四十三年間も会っていないのである。

エスターはたしかに生きていた。しかし脳卒中の後遺症のため、むかしの共通の知人のことはよく憶えているくせに、会いに来てくれた親友のことは名前すら思い出せない。それでも二人は仲よくベッドに並んで寝て語り合う。

エスターには大きな息子がいた。関節炎のため杖を突いて歩く。しかもアル中である。

少々先回りして言えば、テス・ギャラガーの作品にはアル中の男がよく出てくる。レイモンド・カーヴァーをはじめ、何人かのアル中の男性とかかわった彼女自身の個人的体験が顔をのぞかせている。

エイダを息子の隣の部屋に案内しおやすみを言った後も、エスターはしばらく部屋の入口に立っている。その年老いた顔、ガウンからのぞく皺だらけの手をながめながらエイダは叫びたくなる。「早く出て行って、ドアを閉めて、二度と姿を見せないで！」こんな案山子（かかし）のような老婆と友情を深めるため、はるばるやって来たんじゃない。

明け方ちかく、エイダは酔っぱらった息子が帰って来た物音に目が覚める。怖くなって友達を呼ぶ。すぐにドアが開き、エスターが入って来て、エイダのそばに肩を抱くようにして横たわる。

こうしてついに思い出せぬまま、それでも翌日別れしなにエスターは帰らないでと涙をうかべる。エイダはこの別れを最後に、自分たち二人がこの世からかき消されるような気がする。

「娘時代」のつぎに読んだのは、冒頭に置かれた表題作「馬を愛した男」だった。アイルランド出身の、ジプシーで大酒飲みであったひいじいさんの話である。彼は「ウィスパラー」だった。これは馬に話しかける能力をもつ、ジプシーのある種族の呼び名であるらしい。どんな荒馬をもおとなしくさせて小屋に連れ込む。

ひいじいさんは、ウィスパラーのうちでも並はずれた才能の持主であった。馬の群れの放たれた草原へ入って行くと、馬たちは一斉に頭をもたげ彼に呼びかける。すると彼は何かささやく。馬たちはその声を聞こうとぞろぞろ集まって来る。彼が歩くとその後から馬たちがついて来る。立ち止まると馬たちもその後にずらっと並んで立ち、彼の唇の動きに合わせて頭を上げたり下げたりする。

この風変りなひいじいさんは、五十二のとき妻子を捨ててサーカスの一団に加わる。

ひいじいさんの血は〈わたし〉に受けつがれたらしく、十一になるまで〈わたし〉は人前で声を出してしゃべるのを拒んだ。何ごともささやくのだ。質問されると相手の顔に口を近づけて、息と唇だけを使って答えた。……

このような短篇を、私は毎日あるいは二、三日おきに一篇ずつ、残り少なくなるのを惜しみつつ読んでいった。そして読みおわると部屋を出て、とことこと階段を七階から一階まで降り郵便受けのなかをのぞき、手紙が来ていなければがっかりし、受付に老姉妹のどちらかがいればボンジュールの一言も声をかけてから街へ出て行くのだった。

爆弾テロに脅えて日本人観光客の姿の絶えた凍てついたパリの街を私は気ままに、あてもなくうろついた。思えばフランスはイラクと交戦中なのであった。そしてフランスはさまざまな意味で日本よりもはるかにイラクに近い国である。最初のうちは街角に見かける自動小銃を構えた機動隊員の姿に脅えていた私もいつのまにか慣れてしまって、避けるようにと警告されている人込みや映画館にも足を運ぶようになった。

ある晩外出からもどり、冷えきった体を風呂でゆっくり温めてから寝ようと早速、浴槽の蛇口の栓をひねった。熱い湯が出ているのを確かめてから溜るまでしばらく待ち、裸になって浴槽に足を入れた。ぬるい。蛇口から出ていた湯が、いつのまにか冷水に変っていた。予告なしの断水みたいに、湯が出なくなることがあるらしかった。入浴という、私にとって大切な、誇張して言えば一日の最大の楽しみの一つを奪われてはたまらない。風呂あればこそ不便な電話にもエレベーターにも我慢しているのではないか。急いで建物の管理人に文句を言いに行くと、すぐ直ると断言する。しかし一日たっても二日たっても、事態が改善される様子はない。

そこで一階の奥の、例の陰気な穴ぐらのような部屋へ直談判に出掛けた。

私の苦情を聞きおわるとイヴォンヌは表情も変えずに、私の聞きとれたかぎり次のように言った。湯は出ている。ただ給湯タンクの一つが故障して修理にひまがかかる。湯を節約しなければならない。

たしかに湯は出ていた。しかし十分ではない。とくにシャワーや入浴の集中する朝と晩は絶望的だった。それで私は午後の早い時間、比較的湯の出やすいころを選んで風呂に入るよう心がけた。湯が出つづけていることを確かめ、素早く裸になる。ところがそれを待っていたかのように、蛇口からはいつの間にか冷水が出はじめている。

こういったことを繰り返し、またいつまでも修理ができぬのに業を煮やした私は、ふたたびイヴォンヌのもとに抗議に行った。彼女はこんどはこう言った。大きい方のタンクが壊れたので取り替えねばならぬ。しかしそれには費用がかかる。Il faut économiser de l'eau chaude !（お湯を節約しなければいけません）。何度も繰り返されるその文句に私はつい口調を荒げて言い返した。

「でも私はちゃんと部屋代を払っているんですよ。そのなかにお湯の代金も含まれているはずじゃないですか」

部屋代の請求を間違えたりするからこんなことになるんだ、とこれは胸のうちだけにとどめ、私は相手をにらみつけた。イヴォンヌは地面を向いたまま、泣くような声で何やら呟いたが、よく聞きとれなかった。そして私のさらなる追及に、しばらく何ごとか考えこむように黙りこんでいたが、やがてその口もとから洩れたのはつぎのような文句だった。La vie est difficile（ピリオット）

小さく縮こまった体から絞り出された呻きにちかいその声には、私を黙らせるだけの力がこもっていた。La vie est difficile. 人生は楽ではない、生きていくのは大変だ等々、訳しようによってはさまざまにニュアンスを変えるその文句は、La vie est belle.（人生は美しい）などと同様よくフランス人が口にする、とくに深刻な意味ももたぬ常套句のようなものだが、それがいまこの高齢の女性の口から発せられたとき、電話もエレベーターも給湯装置も満足に機能しないこの老朽ホテルの経営状態のわるさ、ボイラーの修理代にも事欠く逼迫ぶりをものがたるのみならず、八十数年にわたる彼女の全生涯の歎きそのもののようにも聞こえ、私はなにか厳粛な気持におそわれ、少々言い過ぎたかと悔いた。

気勢を殺がれ、黙りこむのはこんどはこちらの番だった。その私の視野のなかに、テレビの画面に映る湾岸戦争の映像、ミサイルの閃光、炎上する施設がちらちら動いていた。私は見るともなくその方をながめていた。するとそれに気づいたのかイヴォンヌがつぶやいた。

「おろかな戦争……」

「きたない戦争」

とっさに私はそう合わせた。すると、彼女はそれまでとは打って変った憤然たる口調でこう応じた。Il n'y a pas de guerre propre！（きれいな戦争なんてありゃしません）

こうしてこの問題はうやむやになり、私はまるで戦時下の窮乏に耐えるような気分で、〈Il faut économiser de l'eau chaude.〉とつぶやきながら、なおしばらくこの満足に湯の出ぬ状態に耐える覚悟をきめ、またテス・ギャラガーにもどって行くのだった。

「ジェシー・ジェイムズを救った女」(The Woman Who Saved Jesse James)というのはこんな物語だった。

むかし〈わたし〉がボランティアとして世話をしていた身寄りのない老女ミス・ニックスから聞いた話。

まだ赤ん坊のころ、父の留守中に、農家だった家にお尋ね者のジェシー・ジェイムズが逃げ込んで来て、泣きじゃくる赤ん坊の彼女を貸してくれと言って腕に抱き、追って来た保安官の目をごまかした。

ミス・ニックスのところには、使い走りのジョンというアル中の五十男が出入りしていた。ある日〈わたし〉が介護のため立ち寄ってみると、ベッドのなかでミス・ニックスが泣いている。訳をたずねると、ジョンがベッドに入って来たと言う。あたしは七十二にもなってもうこの先いくらもないのに、こんな目に遭わずにあの世へ行かしてもらいたかった。……

帰りしなに〈わたし〉が玄関の鍵をしめようとすると、ミス・ニックスは言う。その必要はない、「もうやられちゃったんだから」。

あれもこれも、作り話なのだった。

こうした哀れで、またおかしくもある物語をすべて読みおわると、私は急に誰もいなくなったような寂しさをおぼえ、作者のテス・ギャラガーに手紙を書きたくなった。しかし、それは叶わぬことであった。それならばせめて訳者にでも書こう。

本の奥付には、訳者黒田絵美子の略歴その他、一切記されていなかった。「訳者あとがき」によれば、彼女はこの短篇集を訳すにあたり、不明の個所を直接質すべく、アメリカ北西部のポート・アンジェラスまで作者を訪ねて行ったそうであった。

「ローズ材木店でベニヤ板を買うとき、テスは一番上の板を売ろうとする怠惰な店員たちを引き止め、三枚目の節穴の少ない板を選んだ。テスはわたしにウィンクして、〈きこりの娘だからね〉と言った」

「あとがき」はこう始まっている。ふと、ギャラガーの短篇の出だしを読むような気がした。

その未知の黒田絵美子さんに宛てて、私は『馬を愛した男』を読むにいたったいきさつ、それをパリの古い下宿屋の一室で読んでとてもおもしろかったこと、そして機会があればテス・ギャラガーに、この短篇集の邦訳をパリで読んで感動した日本人の読者がいることを伝えてほしい、といったことをしたため、その手紙を出版社気付で発送した。

それからしばらく経ったある日、私は自分の郵便受けに見知らぬ筆跡の手紙を発見した。差出人を見ると黒田絵美子となっていた。発信の日付から逆算すると、ほぼ折返しの早さであった。返事を期待していなかっただけに私はおどろき、かつ喜んだ。

手紙には愛読にたいする礼とともに、テス・ギャラガーに私の伝言を電話で伝えたところ大変喜んで、よろしくとのことだった、と書かれてあった。

私はまったく未知の女性を介してアメリカの女性作家と交信したような（実際そうなのだが）不思議な感情にしばらくひたりつづけた。それはこの物騒な戦時下の街の、不如意な日常のなかでの心あたたまるひとときであった。

あれから十年経った。

三カ月の滞在の後、私が帰国して一年も経たぬうちに、イヴォンヌがこの世を去ったことを知った。健康診断を受けてもどって来て、ぽっくり死んだそうであった。彼女の死とともに宿は廃業になった。取り壊して、その跡に新しい近代的なホテルが建つらしいと聞いた。あのエレベーターともおさらばだ。

その後何年かしてパリへ行ったおり、様子を見に足を運んでみた。建物はまだ壊されずに残っていた。正面入口のとびらに「工事中」と黒くマジックで手書きされた板が打ち付けられたまま、過去の亡霊のように薄暗く立っていた。

この十年の歳月は当然ながら、私の身にもさまざまな変化をもたらした。

パリ滞在中の記憶がうすれてゆくなかで、それでも世界の方々で小規模ながら戦争がおこなわれているのを見ると、Il n'y a pas de guerre propre！というイヴォンヌの言葉とその憤然たる口調を思い出す。〈お湯を節約しなければなりません〉を思い出す。

また何の前後の関係もなく、「もうやられちゃったんだから」という文句がふと口もとにうかぶこともある。おお、虚言癖のある愛すべきミス・ニックス。彼女もいまは八十二、あの年のイヴォンヌの年齢に近い……。

こうして次第にあれもこれもが混ざりあい溶けあって、ある年の冬から春にかけて私が暮らしたあのバルザックの小説に出てくる下宿屋のような薄暗い宿で、ルネとイヴォンヌの老姉妹だけでなく、エイダとその友達のエスター、そしてミス・ニックスとも出会い、少しは言葉を交わし泣き声を耳にしたような気さえしてくる。

今から三十数年前に書いた「オンフルールにて」という短篇のなかで私は、ホテルで出会った孤独な老人の姿にアルフォンス・アレーのおもかげをしのばせた。そしてそれから何年か経ってつぎのように書いた。将来ボケが進行したとき、むかしオンフルールでアルフォンス・アレーを見かけたことがあってね、などと大真面目に語るようになるかもしれない、と。

今、あやうくこう書きそうになる。湾岸戦争のころ、パリの薄暗い下宿でテス・ギャラガーの『馬を愛した男』を読んで、作者にファンレターを出したら返事が来た。その手紙はどこかに大事に仕舞ってある。……

これもすべて時のいたずら、いや時の恵みというべきであろうか。

（「新潮」二〇〇一年十一月号）

*

ジョン・オグローツまで——スコットランド

ボン・ヴォワイヤージュ

ロンドンのキングズ・クロス駅から乗ったエジンバラ行の寝台車のなかで、わたしはいくつかの楽しい体験をした。

片方に二段ベッド一つだけというのが先ず珍しかった。わたしの知るかぎり、二等寝台のベッドは普通どこも左右に三段、つまり一室六名である。パリ＝マドリッド間で乗った国際列車の一等寝台ですら、四名であった。ところがここイギリスでは二等でも二名、しかもわたしの場合、相客がいないから個室同然である。

時は九月。夏のヴァカンスが終り旅客の少ない時期。なにも一人客同士を一室に押し込める必要はなく、それぞれ一室を占有させるのがむしろ当り前であろう。しかしそれまでの経験から一人客は冷遇されるという被害妄想にとらわれていたわたしには、この「当り前」が特別待遇のように思えたのである。

すでに真夜中近かったので、発車後間もなくわたしは同行の道田夫妻に「おやすみなさい」を言って自室に引きこもり、パジャマに着替えてからあらためて室内の点検にとりかかった。

先ず目についたのは、窓際の隅に取り付けられた洗面台である。木の蓋が付いていて、使用しないときには小さなテーブル代りになる。蓋を開け、蛇口をひねってみた。水と熱湯が出た。

洗面台の上方には小棚、その上に瓶詰めの飲料水とコップ。コップはプラスチックでなく、嬉しいことにガラスである。

すごい。車室に洗面台と飲料水というのは一等寝台並みではないか。

早速、イギリスへ渡る船のなかで買ったジョニー・ウォーカーの瓶を取り出し、スコットランドの旅の首途（かどで）を祝ってグラスをかかげる。

「ボン・ヴォワイヤージュ（よき旅を）！」

滑り出しはまずは上々である。

と、そのとき、戸をノックする音が聞こえた。検札か。

「ウイ、……イエース！」

慌てて英語で言い直し掛金を外すと、顔を現したのは道田さんだった。

「どうや、やってるか」

「なかなかいいですね。どうです、一杯」

「いやあ、りっぱ、りっぱ」

道田さんはウィスキーには見向きもせず、

「ところで、これ、一体何やろ」

指さす方を見ると、ベッドの反対側の壁に金属の把手のようなものが斜めに付いている。早や室内の点検を終えた道田さんは好奇心を抑えきれず、早速疑問の解明にやって来たのだ。

その位置と斜めになった角度とからわたしは即座に、寝台から起き上る際体を支えるために把むものだろうと判断した。

だがこの説に、道田さんはすぐには同意しなかった。

「ほんまやろか……」

疑わしそうな顔をしているが、どうやら内心では賛成しかけているらしい。自分の疑問が、簡単に相手に解けたのが面白くないのだろう。急に話を変えて、

「きみ、見たか」

「え、何を？」

「きみみたいな人が、こんな大事なものに気が付かんとは」

とかすかに憫笑を浮べ、

「ま、ゆっくり探して下さい。ほな、おやすみ」

道田さんのいう「こんな大事なもの」は探すまでもなく直ぐ見つかった。

洗面台は円柱をたてに四分の一にした形をなしており、その胴のほぼ中央に引き手が付いていていた。

引張ると、その部分が前に出て来てぽっかりと穴が開き、中から清潔そうな真白い陶器の溲瓶（しびん）が現れたのである。なんとイギリスの国鉄の二等寝台には、洗面台のほか便器まで備わっているのだ。これは全くの個室といってよい。広くはないが、まだど

んな驚き、いや楽しみが隠されているか知れない。

わたしは珍しさのあまりその隠し便所（？）を何度も開け閉めしてみた。ついには待ち切れず、まだあまり溜ってもいないのに試してみた。使用後蓋を閉めると、うまい角度に便器が傾いて流れ落ちる仕組である。女性にも使用できる構造になっているのだろう。

ふと、何か書いてあるのが目にとまった。

「この便器はソリッド・マター用ではありません。W・Cは各車輛の端にあります」

ソリッド・マター、つまり固体あるいは固形物。その語感のまじめさ、ものものしさと、それが指し示すそのもののおかしさとの不調和に腹の底で笑いを刺激されるのを覚えつつ、わたしは考えた。まさかここで「ソリッド・マター」を放出するバカ者もおるまい。いや、注意書があるくらいだから、やはり粗忽者がいるのか。必ずしもソリッドとは言えまいが。

ウィスキーを注ぎ足し、「ソリッド・マター」のためにあらためて乾杯。

ふとわたしは、ヘンリー・ミラーの小説の中に出て来るインド人青年のエピソードを思い出した。彼は売春宿のビデを便器と間違えて「ソリッド・マター」を落とし、宿のマダムから「汚い小豚め」と罵られるのだ。いやヘンリー・ミラーを持ち出すまでもなく、これに似た失敗談ならわたしの友人にもある。……

あらぬ方向へ連想が向かいはじめたそのときふたたび戸をノックする音がして、わたしの想いは中断された。また道田さんがやって来たのだろう。新たな発見、あるいは先程の壁の把手についての新解釈をたずさえて。

「はーい、どうぞ」

日本語で叫んで掛金を外し戸を開けると、なんと車掌が立っているではないか。堂々たる体軀の初老の男。車掌というより高級ホテルのボーイといった方がよい。色の浅黒いところを見るとインド系か。

呆然として見とれていると、

「モーニング・ティー？」

何のことやら解らぬまま、

「イエース」

すると相手はうなずき、

「グッナイ、サア」

そう挨拶して去って行った。ほほう、サアかと思わず口もとが綻びる。朝からお茶が出るらしい。まったくの至れり尽せりだ。さすがイギリス。この国がますます好きになり、さらにウィスキーを注いで老大国のためにまたまた乾杯。

翌朝六時、老車掌はふたたび戸をノックした。「グッモーニン、サア」。彼の運んで来た盆にはカップ三杯分はある紅茶、ミルク、ビスケットなどがのっていた。これをゆっくり味わいながら外が明るくなるまで車内にとどまることが許されるのだ。なんという贅沢。

エジンバラ

朝六時半、エジンバラ到着。ロンドンの北北西約六百キロ、スコットランドの中心地、むかしのスコットランド王国の首都である。

駅を出て、高みにある街を仰ぎ見る。朝靄のなかに影絵のように浮ぶ尖塔、とんがり屋根。名高いエジンバラ城はどれだろう。

しばらく眺めていると、幻影めいた街の姿が朦朧とした早朝の意識のなかに柔かく溶け込んでいく。

駅の近くの観光案内所はまだ開いていなかった。そばの地べたにリュックを下ろし、それにもたれて開くのを待つジーンズ姿の若者たち。ふと見ると、壁に有名なエジンバラ祭のポスターが貼ってある。なんと、いまその最中なのだ。しめた。だが今からでも券が手に入るだろうか。

案内所が開くまでまだかなり時間があるので、それまでの間、日本を発つ前に道田夫妻が旅行社を通して予約しておいたホテルへ行って休憩することにした。

紹介がおくれたが、道田さんというのはわたしの親しい先輩に当る大学教授で、多方面での活躍で知られる名士である。夏のヨーロッパ旅行のついでにスコットランドまで足をのばすというので、パリ滞在中のわたしもお伴をさせてもらうことにしたのだった。こんな機会でもなければ、ひとりでは出かける気になかなかなれない。

日程の都合でわたしは別にフランスから船でドーヴァー海峡を渡り、ロンドンで夫妻と落ち合って市内見物に二、三日を費した後、スコットランドへ発ったのであった。

道田夫妻の泊るノースブリティッシュ・ホテルは駅の近くの目抜き通りにあり、遠くからでもすぐ判った。中世のお城のように古めかしく、いかにも由緒ありげな豪華なホテル、多分エジンバラで最高のものにちがいない。

入口の回転扉をくぐったところに制服姿の若いボーイが立ち、出入りする者になかば監視するような視線を送っていた。わたしはいわばモグリだが、道田夫妻が一緒なので心強い。「グッモーニン、サア」の挨拶にもうろたえず、にこやかに「グーモーニン」と応じることができた。英語が急速に進歩したような気がする。

部屋の予約の確認のために道田さんが受付に行っている間、わたしはきょろきょろと周囲を見回しながら道田夫人に向かって、

「すごいホテルですね」

と言うと、

「こんなとこでなくてもいいのに。勿体ないわ」

同感であったが、他人のことだからそうも言えない。

「いや、一生に一度、ぼくもこんなとこに泊ってみたい」

「ここに泊らはったら」

「いやあ――ここはやっぱり、世界の名士の泊るとこかも知れんな」

朝っぱらから正装してロビーを行き来する男女の姿を眺めていると、やはり気が臆してくる。第一、これはわたしの主義に反する。

「豪華なホテルですね」

戻って来た道田さんにそう言うと、

「うん。ホテルだけはぼく、豪華趣味なんや」

いかにも満足そうにうなずき、

「さ、めし食いに行こ」

予想どおり、祭の期間中はこのホテルには出演者や金持の見物客が泊っているらしく、一階の広い食堂はすでに一杯だった。ほとんどが中年あるいはそれ以上で、タキシード姿も混じっている。

われわれ三人は入口近くに立って席が空くのをしばらく待った。まだ八時前である。こんな早い時間から込んでいるホテルの食堂というのは初めてだ。誰もが十分に休養を取って血色がよく、朝から元気潑剌としている。固苦しい服装とはうらはらに皆屈託なげで、会話がはずむのと同じ程度に食欲の方も旺盛のようだ。

話されている言葉は英、独、仏、それにスペイン語やイタリア語も混じっている。

日本語も。というのは、われわれのほかに一目で日本人と判る老夫婦がいたのである。

（「見たことのある顔やな」と後で道田さんがこぼした）

そして、これら言葉も髪の色も目の色も異なる国際色ゆたかな人々の集りをひとつにまとめ上げている共通のトーン。国を超えた「階級」というものの存在を如実に感じさせられたのもこれが初めてだった。

入口近くの電話が鳴った。タキシード姿の給仕頭が出る。彼はすぐに電話を離れ、近くのテーブルの中年婦人のところへ静かに歩み寄り身をかがめフランス語で、

「奥さま、ヴェローナが出ました」

「メルシー」

彼女は軽く応じたまま直ぐには立とうとせず、しばらくはお喋りをつづけている。

こうした情景がおもしろくてたまらず、わたしは食事のことは忘れて見とれていた。ヴェローナ。ロミオとジュリエット。あの女性の電話の相手は誰だろう。夫か、愛人か。そんな他愛もない空想に耽りかけていると、やっと席が空いて案内された。

道田さんもこの国際的雰囲気が珍しいらしく、席に着くなり声をひそめて、

「相当偉い音楽家が来ているようやな」

ところが意外なことに、周囲に影響されたのか彼はフルコースの朝食を注文するのだ。そしてベーコン、卵、ハム等々出されたものをぺろりと平らげ、パンのおかわりまでするではないか。ちょっと気味が悪くなって、

「大丈夫ですか、そんなに食べて」

「ぼくは朝、腹がへるんや。一度に食っておくから昼と晩はほとんど食べない。きみはまた、食わんねえ」

こちらは寝不足と、深夜車中で乾杯をしすぎたのとで食欲がない。おまけに起きてすぐ歩いたため早々と便意を催し落着かない。折角こんな豪勢な朝食の席にもぐり込めたのに。

そのとき道田さんがわたしの肱をつついてささやいた。

「おい、ちょっと見てみ」

目で示された方を盗み見ると、少し離れたテーブルに日焼けした、もじゃもじゃ髪の男のような顔付きの女性が坐り、目をむいて議論している。

「あの女性、色の黒い……」

「しいっ」

道田さんは慌てて制して、

「あれ女か。ちがうよ、男やで。な、ベートーベンそっくりやろ」

すると偶然にか、一瞬そのベートーベンがぎょろりとこちらに目を向けた。

食後、道田夫妻に従いて部屋に上った。この豪華なホテルの部屋を参考までにちょっとのぞいてみる——というのは実は口実で、真の目的は別にあったのだ。

広々とした明るい部屋に、大きなツインのベッドとカラーテレビが置かれてあった。

道田さんはすぐ靴を脱ぎベッドに寝転んでテレビをつけ、チャンネルのつまみをいじりはじめた。しかし画像はいつまでもちらつき、見られる状態ではない。

そのまま道田さんは仰向きにひっくり返りズボンのベルトをゆるめ、呻くように、

「ああ、しんど。食いすぎた」

と言うなり目を閉じ黙りこんでしまった。かと思うと早やいびきが聞こえはじめた。

わたしは早速道田夫人に言った。

「すみませんが、トイレを使わせて下さい」

「ええ、どうぞ」

バスルームは完全な別室になっていた。扉を開くと、驚いたことに控えの間があり、

もう一つ扉を開かなければならない。控えの間つきの便所。さすがと感心しながら二つ目の扉を開けた。何という広さ。便器までの距離が遠いのだ。

そしてその部屋は、靴底が隠れてしまうほどの厚い絨毯が敷きつめられてあった。これはもう、トイレとかバスルームなんてものでなく、立派な応接間である。

後の体験をもふまえて言えることだが、イギリスやスコットランドで泊ったどのホテルあるいは民宿でも、バスルームだけは勿体ないほどきれいだった。どこも絨毯が敷いてあった。概して便所の汚いフランスからやって来た者には、最初はいささか奇異にさえ映ったほどである。

だが、はなやかな絨毯を敷きつめた広い、明るい部屋のなかで便器に腰を下しているのは何とも落着かない。叱られそうな気がする。便所特有のあのほの暗い密室的な雰囲気を懐しみながら、わたしはきょろきょろ周囲を眺め回した。

そして発見した。この豪華なバスルーム——大きな浴槽、シャワー、便器等々一切が完備しているかに見える一室に、一つだけ欠けているものがあることを。

その一つとはビデであった。便所がどんなに汚くとも大抵それだけは付いているフランスやスペインのホテルと比較すると、これはやはり注目に価することである。

わたしのそう豊富ではない体験をもとにしていえば、地理的にはヨーロッパの北より南の方にビデ使用の習慣があるようだ。これは宗教的にはほぼプロテスタントとカトリックの違いと重なる。偶然なのか、それともカトリックとビデとの間に何らかの関連があるのか。以前、モスクワで泊った大きなホテルにはビデがあった。これは帝政ロシアの上流階級におけるフランス文化の影響の名残りであろう。

このバスルームをふくめ、わたしがしきりにこのホテルを賞めるので道田夫妻が、部屋があるのならここで泊ったらどうかとすすめてくれた。しかしわたしは断った。

「お金なら貸してあげるよ。——わからんなあ。金があるのに、なんで安ホテルに泊りたがるんやろ」

道田さんが呆れたように言う。いまさらわたしの「Cクラス主義」を開陳するまでもない。すでにロンドンでも、わたしは夫妻とは別の安ホテルに泊っていたのである。

さいわい、観光案内所で一人客を泊めてくれる安い宿が見つかった。

「歩いても行けますよ」と係員はこちらの胸のうちを見抜いたようなことを言ったが、見知らぬ土地であり、小さいながら荷物もあるのでタクシーを奮発した。

街の中心から少し離れた、ひっそりと静まりかえった通りだった。三階建の建物の並ぶ閑静な住宅街にぽつりと「ホテル」の標識が出ていた。ホテルというより民宿に近い規模であり質素さだった。

帳場にはめがねをかけた、小ぎれいな中年の婦人が笑顔でわたしの到着を待っていた。イギリス映画などでお目にかかる素人下宿の女主人——親切な、しっかりものの寡婦といったタイプの女性である。その英語の解りやすさが、人柄をものがたっているようだ。よかった、Cクラス万歳。ガードマン兼用みたいな制服姿のドア・ボーイに、「グッモーニン、サア」とうやうやしく迎えられるよりこの方がどれだけ楽しいか。

鍵を受け取り階段で三階まで上る。小さな部屋だった。ベッドのほかにあるものは小机、簡素な衣裳簞笥、洗面台。室内電話はなく、バスルームは廊下の端に共同のものがあった。フランスなどと違い無料で、自由に使用できる。部屋には敷物はないが、前にのべたようにここでもバスルームには厚い絨毯が敷いてあった。裏に面した窓からの眺めといえば雑草の生えた空地と、そこに寝そべる白い犬だけ。口笛を吹くと犬は頭をもたげてこちらを眺めたが、すぐまた元の姿勢にもどり、それからはいくら呼んでも身動きもしなかった。

この宿に泊っている間、といってもわずか二日だが、わたしは毎朝三十分ほど歩いて道田夫妻のホテルへ出かけ、その日の行動を相談した。しかしわれわれは終日、行動をともにした訳ではない。とくに問題なのは食事だった。

旅先では普通、日中は別行動を取っていても夕食のときは一緒になるものだろう。しかしわれわれの場合は逆で、食事の時間になると別々になるというおかしな事態が生じた。すでに見たように道田さんは朝、一日分をまとめて食べる型である。それ以後は食事には興味を示さない。酒も欲しがらない。わたしはその反対だ。時間になるととにかく早く飲みたい、食いたい。それが道田さんには異常と映るらしかった。

「きみ、ちょっとおかしいのとちがうか。いつも腹がへった言うてるけど。一種のノイローゼやないかな」

だがわたしに言わせれば、飲み食いに関心を示さぬ道田さんこそおかしいのである。奥さんはどうなのだろう。

こんな訳で、食事の時間になると道田さんは奥さんに買わせた果物とチーズを持ってホテルへ引き揚げ、ひとり残されたわたしはひもじい野良犬のように、安食堂を探して街をさまようことになるのであった。

人口約五十万、エジンバラはスコットランドの文化および産業の中心地である。街はプリンシズ・ストリートという大通りによって、新旧の地区に二分されている。日中見ると、大通りをトラックやタンクローリーなどが轟々と走っていて、到着日に朝靄の中に思い描いた中世の町のイメージは修正を余儀なくされた。

二日足らずの滞在であるから、多くのものは見られない。いや第一に、見物しようという積極的な意欲がないのである。わたしは無計画にただ道田夫妻にくっ付いて来ただけであるし、夫妻にもとくにエジンバラの何を見ようという目的もなさそうだ。それに、こうした古都の見物を多少とも意義あらしめるためには、ガイドブックによる一夜漬けぐらいでは追いつけぬ歴史的知識、教養が必要となる。

さいわい(?)観光熱の欠如、英国史に関する教養不足の点で、われわれ三人は一致していた。

しかし自然の傾きに任せればものぐさ同士、ホテルで寝そべってばかりいることになりそうだ。そこでいわば申し訳に市内観光のバスに乗ってみることにした。

案の定、ガイドの説明の中には何やら一世、何やら二世と王様の名がやたらに出て来る。歴史嫌いのわたしはうんざりし、案内の英語を解ろうとする努力を早々と放棄した。そのうち疲れと暖房のせいで眠ってしまった。修学旅行の生徒を笑えたものではない。

バスが名所旧跡に停るごとにわたしは目を覚し、浮ぬ顔して皆の後から従いて行った。さすが道田さんはえらい。奥さんに付き添って何やら説明している様子である。頭の回転のおそろしくはやい人であるから、英語の単語の二つ三つも解れば全体をすばやくつかめるのだろう。

こうした訳で、かの有名なエジンバラ城の中も、読者諸氏には申し訳ないが寝ぼけまなこで通り抜けただけである。

この中世の城はわたしにとっては、宿から街への行き帰りに、岩山の上に遠望する黒いシルエット、あるいは街の中心近くの小公園から絶壁の上にのんびりと仰ぎ見る姿の方がはるかに好ましく、美しく映った。

その高みにあるお城の中で、着いた日の夜「タトゥー」(Tattoo)と称する催しが行われることをたまたま知った。軍楽隊のパレードのようなものらしい。「タトゥー」とは、本来は軍隊の帰営の合図の太鼓を意味する。エジンバラ城の一部は兵営になっているそうだ。何でもこの「タトゥー」がエジンバラ祭の最大の催物というので、ではそれを見物しようと、これは三人直ぐに意見が一致した。さいわい座席券も手に入った。

「ぼくら、名所旧跡、古い教会とか、王様の泊る場所とか、そんなものよりパレードとかショーみたいなもんの方に向いてるんやな」

道田さんが自嘲気味に言う。

「まあいうてみれば、軽佻浮薄」

わたしが調子を合せる。

夕方、たまたま見つけた中華料理店に気の進まぬ道田さんを引っ張り込み簡単に夕食をすませてから、われわれ三人はタクシーでエジンバラ城へ駆けつけた。

城へ向う石畳の坂道にはすでに見物人の列が続いていた。黒いヘルメットをかぶった長身の警官が何人も立って交通整理を行っている。道の中央へ出て来る者を、長い手を拡げてゆっくりと脇へ追い戻す。

しばらくすると、雑沓の間に出来た狭い通路をきれいな黒い車が二台、三台と、徐行しながら上って来た。車中には白いドレスの女性や正装の軍人の姿が見える。

「うーむ、これは相当偉い連中やな」

と道田さんが言う。

「王室の人かも知れませんね」

「うん、そうかも知れんな」

「エリザベス女王かも……」

すると道田さんは苦笑して、

「まさか。それならもっと警戒が厳重なはずや」

「でもイギリスの王室は民衆に親しまれているそうだから……」

そうだ、きっとエリザベス女王にちがいないと思ったが、また笑われそうなので黙っていた。

城内の中庭のようなところに段状に観覧席が設けられてあった。すでに満員である。櫓のサーチライトが煌々とあたりを照らし出している。正面の、一段と高くなった屋根付きの席が貴賓席らしい。誰かいるようだが、少し奥に引っ込んでいるのでよく見えない。

突如、明りが消えた。闇の中からファンファーレが高々と鳴りひびく。パレードの開始である。ふたたび照明がともり、谷底のような中庭を浮び上らせる。そのなかをスカート姿の衛兵をはじめ、さまざまなスタイル、さまざまな色彩の服装に身を飾った人形のような兵隊が太鼓や風笛（バグパイプ）の奏楽に合せて進行する。ただもう「きれい」としか言いようがない。

はるばるオーストラリアや香港から参加した部隊もあった。香港組は中国服を着て中国の音楽を奏しながら行進する。昔日の大英帝国の威光を偲ばせるデモンストレーションといった趣向である。

次は婦人部隊。思わず身を乗り出して注目する。銀髪の高齢の指揮官に率いられてやって来たのは期待に反しずんぐりした猫背の女部隊だった。

一つ済むたびに盛大な拍手が起る。貴賓席でも手を叩く人の姿がわずかに見えている。どうも気になって仕方がない。先程の黒い車（きっとロールスロイスだろう）の中に垣間見た白いドレス、白い顔、白い髪飾りが目先にちらつく。

終りに近く、司会者がマイクで「……将軍のために」と叫んだ。勇壮なマーチが奏せられる。貴賓席に目を凝らすと、その何やら将軍らしい人が起立して奏楽に挙手の礼で応えているのが見えた。

それが済むと、司会者が今度は“The Queen”と叫んだ。わたしの心臓はぴくんとはね上った。ああ、やっぱりエリザベス女王が……。

全員起立のうちに、イギリス国歌“God save the King.”の吹奏が始った。旅先でこんな厳粛な場面に遭遇しようとは。

貴賓席の中でも全員が起立しているようだ。顔は見えないが、何人かいる白いドレス姿の婦人の一人が女王にちがいない。

起立したままその方を眺めているうちに、わたしは全身が緊張にふるえそうになるのを覚えた。これはいけない。わたしは不意の感動に狼狽し、道田さんに気取られまいとして何か別のことを考えようと頭の中を探した。

わたしは自分の陥っている状態を音楽のせいにしようとした。たしかにこの曲は「君が代」などよりはるかに美しい。そういえばオレは少年のころからこの曲が好きで「ゴッドセーブザキング」などと歌っていたことがある。戦争中もイギリスが嫌いにならなかったのはきっとこの国歌のためだろう。いまオレはこの曲に感動しているだけで、イギリスの王室を讃美しているのではない……。

国歌の吹奏が終った。

「やっぱり女王が来てたんですね」

予想の的中を内心自慢しながらわたしは道田さんに言った。しかし彼は依然懐疑的である。

「そうかな、女王やろか。こんなところに来るやろか」

そう冷静な声で応じるのである。

「奥さん、どう思われます」

と同意を求めてみたが、

「さあ……どうかしらね」

と頼りない。

「じゃなぜ、クウィーンと言ったんです」

「さあ、なんでやろ」

「たしかにクウィーンと言いましたね」

英語の聞き取りの苦手なわたしでも、これだけは確信があった。

「言うた。それは間違いない」

そう認めながらも、しかし道田さんの疑わしげな表情は変らない。そのうちにわたし自身、どこか変な気がして来た。

わたしは城へ来る途中の情景を振り返った。人波を分けるようにしてのろのろ進む黒い車、交通整理の巡査。……すると、いかに民衆に愛されている女王とはいえ、道田さんの指摘どおり警戒がゆるすぎるように思えてきた。

少し冷静になって考えてみると他にも不審な点がいくつかある。例えば女王のための国歌吹奏なら、何やら将軍に敬意を表した後というのは順序が逆ではなかろうか。

国歌の吹奏とともに催しは終了し、観客は席を起って帰りはじめた。

「まあ、女子供向きのもんやな」

「どうせ、わたしら女子供やもん」

そんな道田夫妻のやりとりを耳にしながら、わたしはまだ「クウィーン」にこだわっていた。やはり曖昧なままほっておくわけにはいかない。こういった小さなことが、国際的な誤解を招く因とならないとも限らないのだ。

思いつめたわたしは、だれかに訊ねようと周囲を見回した。

ちょうど目の前を、二人連れの中年の女性が帰って行く。相手をゆっくり探している暇はなかった。わたしは道田夫妻から離れ二人連れの後を追い、勇を鼓して声をかけた。

「プリーズ……」

相手は話に夢中になっていて気がつかない。もう一度繰り返して手で肩に触れた。するとやっと彼女は立ち止まって振り向いた。

「あの……女王が来ていたのですか」

相手は怪訝な表情でわたしの顔を眺めた。英語が通じなかったのか。

「あそこにいたのはエリザベス女王ですね」

今度は貴賓席の方を指さして訊ねると、

「No, no.」

やっと通じたらしく相手はつよい口調でこう答えた。

「でも、さっき司会者がザ・クウィーンと言ったでしょう」

すると彼女は思い出そうとする顔になり、それから連れの女性と何事か相談した後、今度は笑いをこらえたような表情で言った。

「the Queen というのは国歌のことです。女王その人ではありませんよ。あそこに来ていたのは」

と貴賓席の方を振り返り、

「将軍とその夫人でしょう」

「ああそうか。わかりました。サンキュー・ベリマッチ」

二人の女性はとうとう笑い出した。

イギリスの国歌は、「God save the King」だが、女王の時代には the King が the Queen に変るのである。「the Queen」は略した言い方らしい。

これですべて氷解した。早速道田夫妻に報告すると、二人は大喜びだった。

「えっ、訊いてきた？　全然知らん人に、英語で？」

道田さんは大袈裟に驚いて見せた。「英語で」と念を押すところなど意地が悪い。エリザベス女王と思い込んだ早合点、それを確認しようと見ず知らずの女性に質問した「勇気」などはその後しばらくの間、いわゆる「クウィーン事件」として物笑いのたねとされることになった。

だが諺に言う。「聞くは一時の恥。聞かぬは一生の恥」

しかしこの旅を通じて判明したわたしの英語聞き取り能力の程度から推して考えるに、あの中年の女性がしてくれた「ザ・クウィーン」の説明を果して正確に理解しえたかどうかについても、なお一抹の不安が残るのである。ロンドンでpayが「パイ」、paperが「パイパア」と聞こえた。しかしこれはわたしの耳が悪いのでなく、実際にそう訛って発音されることがわかった。

スコットランドに来て喫茶店で紅茶を注文した。するとウェイトレスが「ムック?」と訊ねる。ムックて何だろう。首をかしげていると彼女はいったん引っ込み、ミルクを持って来て見せた。milkが「ムック」と聞こえたのである。自信喪失のあげく、フランス語が通じる場合にはそれで押し通すことにきめた。すると当然、地名の呼び方も変る。「エジンバラ」が「エダンブール」、これには面食らった。

話を元にもどすと、いまわれわれは靄にかすむエジンバラを去り、スコットランドをさらに北上しようとしているところである。旅はこれからなのだ。

だがその前に、小さな挿話をひとつ披露しておこう。

駅の前を走る大通りと平行してプリンシズ・ストリート・ガーデンという公園がある。公園というより東西に長く伸びる樫の並木道というのに近い。その東のはずれに、ウォルター・スコット卿の像のある鐘楼風の塔が立っている。西のはずれまで行くと、絶壁の上にエジンバラ城が仰ぎ見られる。

エジンバラを発つ日の朝早く、最後にひと目城をながめておこうとわたしはこの公園に足を運んだ。

人影のない園内を散歩していると道ばたで何か動いた。見ると小さな灰色のからだのリスだった。遊歩道に沿った芝草の中から顔を出し、じっとこちらを眺めている。おや、と思い、怯えさせぬようわたしは歩を止めた。するとリスは姿を隠すどころか芝草から跳び出して駆け寄って来た。そしてわたしの靴に前脚を掛け伸び上るようにして見上げた。そのつぶらな瞳と目が合った瞬間、わたしは奇妙な感覚におそわれた。人間の世界からリスの世界へ滑り落ちたような、突然自分の体がリスの大きさに縮まったような眩暈に似た不思議な感覚だった。

〈何かちょうだいよ〉とリスが言った。わたしは急いで上着のポケットを探った。しかしパンくず一つない。あわててわたしはつい英語で謝った。

「ごめんよ、何もあげるものがないんだ」

するとちょっと考えるような表情を見せてから、リスはわたしの靴に掛けていた両脚を引っ込めた。それから〈じゃあ、もう行ってもいいよ〉と言うなりくるりと背を向けて駆けて行き、芝草の中に姿を消した。
エジンバラ、このささやかな邂逅をわたしは何時までも忘れないだろう。

ネス湖のほとり

朝、エジンバラを発って北のインヴァネスへ向かう列車の中でまたひとつ、嬉しい発見をした。

四人掛けのゆったりした座席の間に、縦五〇センチ、横一メートルあまりの長方形の木の机が据えつけてあるのだ。これならゆっくり手紙が書ける。四人向かい合せでトランプなどしながら行くこともできる。熱中のあまり乗り過ごしはせぬか。

空いている車内を見回したが、しかしトランプをやっている者は見当らなかった。

道田夫妻は別の座席に移り、ガイドブックを挟んで何ごとか相談を始めた。

列車はハイランド地方を北上中である。窓の外は家畜の姿がひとつも見えない牧場、ヒースの野。その上に拡がる低い曇り空。眠い。……

インヴァネス。

雨が降り出していた。灰色の空から聞こえてくるキイ、キイという鳥の鳴声。かもめだった。ここはモレー湾の奥深く、ネス川の河口に位置する港町なのだ。

「侘しいなあ。松本清張やなあ」

雨の下で背を丸め、道田さんが呟く。「松本清張」には思わず吹き出したが、その笑い声が震え出しそうなほど寒い。まったくインバネスが欲しくなる。「インバネス」とは「とんび」、または「二重まわし」のことである。明治から大正にかけて流行し、発祥地にちなんでそう呼ばれた。

スコットランド北部の中心とはいえ、人口三万あまりの小さな町である。どこへでも歩いて行ける。とりあえず観光案内所を探し出した。今回は彼らと一緒に泊ることにする。翌日の行動を考えるとその方が便利である。

道田さんが案内所でホテルの交渉をしている間、わたしは別の係員をつかまえて相談に乗ってもらった。途中から別行動を取ることになっていたのである。

係の娘はありがたいことにフランス語が出来た。

「じょうずですね」とお世辞を言うと、

「だってフランス人ですもの」

なるほどそう言われてみると小柄な体つき、アイシャドウのきつい大きな眼などはたしかにフランス女である。学生で、夏休みの間アルバイトをしているそうだ。

「北海を見たいんですが」

「北海？」

彼女はちょっと怪訝な顔をして、

「東海岸の方は不便なんですよ」

そう言って少し考え込んでから彼女はスコットランド北部の地図を拡げ、北海に突き出た東北端の一点を長く伸ばした小指の爪の先で示した。

「ここにジョン・オグローツ（John O'Groats）というのがあります。ここ、どうかしら」

スコットランドの、というよりブリテン島の最北端、ダンカンズビー・ヘッドという岬の先端だった。北の涯。——そこにしよう。何だかわからぬまま咄嗟に決めてしまった。

彼女はいやな顔もせず、時刻表のあちこちをめくってバスや汽車の時間を調べ、紙に書き抜いてくれた。

インヴァネスのすぐ近くから南西に細長く、かのネッシーで有名なネス湖が伸びている。しかしわれわれ三人のうち、ネス湖見物に行きたいと言い出すものは誰もいなかった。

「さすがオトナやね」

と道田さんが自讃する。じつは翌日湖畔沿いにバスで西へ向かうので、その途中で見られるとみな安心しているのだ。

景色のよい西海岸で一泊してまたインヴァネスに戻り、そこで別れて道田夫妻はロンドンへ、わたしは単身さらに北へ向かう。以上のような日程が出来上った。

翌朝、小雨の降りつづく中をバスでインヴァネスを発った。乗客にはリュックを背負った若者の姿も混じっている。

町を出ると間もなくネス湖のほとりに出た。しばらくは湖畔沿いに走る。

ネス湖は湖というより大きな河のように見えた。地図で調べると、南西に約八キロにわたって伸びている。いくぶん褐色の混じった暗緑の水が延々と続く。単調な眺めにつういうとうとなる。こういうときに怪獣（？）の幻影を見るのだろうか。

バスは西海岸に達し、カイル海峡をフェリーで渡った。ヘブリデス海のスカイ島である。ひとまず島の中心地ポートリーまで行き、改めてこまかな日程を組むことにしていた。しかしこの悪天候では、計画を練る心も沈みがちである。

島へ渡ってバスが半時間ほど走ったところ、右手に小さな美しい入江が見えてきた。黒い岩の転がるひなびた浜辺である。海へ下りて行くなだらかな芝草の斜面にぽつりぽつりと建っている人家の、白壁と黒ずんだスレートぶきの屋根の色調が暗い雨空と調和して美しい。

「いいところですね」

「うむ、ちょっとブルターニュ地方の海岸に似ているね」

道田さんは考え深そうな表情で窓外の風景を眺めている。

地図で見ると、ブロードフォードという村の手前だった。ところどころ、門のわきに“Bed and Breakfast”の標識をかかげる小ぎれいな民家が目につく。〃B&B〃と略されることもあるこの標識は民宿のしるしである。文字通り「一宿一飯」。

こんな静かな海辺のB&Bに一度泊まってみたい。その思いは道田さんの胸にも浮

んだようだった。顔を見合すと、どちらからともなく、

「ここ、よさそうやね」

と口に出た。

「降ろしてもらお」

そう言うと早や道田さんは座席を立ち、運転席のそばの車掌のところへ行っていた。降ろしてもらおなんて、そんな勝手が許されるのか。

ところが意外にも、バスが停ったのである。

「おい、停ってくれた。早よ、はよ！」

道田さんに手招きされ、夫人とわたしは大慌てでバスを降りた。

道田さんは一体どんな英語で、どんなことを言ったのだろうか。

遠ざかるバスを見送ってふとわれに返ると、たちまち僻地に置き去りにされたような不安におそわれた。行き交う車も稀な田舎道の端にたたずんで周囲を見回した。先程、バスの窓から見えた小ぎれいな白壁の民家も、ロマンチックな空想をかき立てた侘しげな北の浜辺もすべて蜃気楼のように掻き消え、目の前にあるのは海に面したごくありふれた寒村の風景にすぎない。

「えらいとこに降りたなぁ」

耳の奥がしいんと鳴るような深い静寂の底から、泡ぶくのように道田さんの嘆きが聞こえてくる。

雨が降りだした。とにかく宿を見つけねばならぬ。それぞれ荷物を持って、雨の中を次の停留所のあるブロードフォードの方へ歩き出した。

二人連れには簡単に部屋が見つかった。いったん別れ、ひとりになったわたしは人気のない海沿いの田舎道を民家の見える方へ足を向けた。すでに午後の一時をまわっている。空腹とともにうらぶれた思いも募ってくる。

やっともう一軒、B&Bの標識の出ている家が見つかった。真白な壁、スレートの屋根と同じ鉛色の窓に紅い花が飾ってある。白く塗った木の柵の門を勝手に押開けて入り、踏み石伝いに家の玄関の前まで来た。ベルを押してみたが応答がない。ドアを押すと、意外にもすうっと開いた。奥に人の気配がしている。こんなとき、どう言えばよいのか。「プリーズ!」と叫んでみたが返事はない。もう一度呼んでしばらく待っていると、誰か出て来た。聞こえたのでなく、たまたまやって来たという感じである。

小ぎれいな身なりの、小柄な銀髪の婦人だった。思いがけず目の前の見知らぬ男の姿を発見した瞬間、彼女の顔が強張るのがわかった。

しまった、怯えさせてしまった。「イクスキューズ・ミー」を繰り返してわたしはたずねた。

「部屋はあるでしょうか」

彼女は怯えの色の残った顔でしばらくわたしの顔を見つめ、それからやっと声を出した。

「いいえ」

「一晩だけなんです」

「ノー！　部屋はありません」

その強い口調にそれ以上頼む気も失せ、わたしはまた「イクスキューズ・ミー」を繰り返して退出した。背後で、慌てて戸を閉め掛金を下す音が聞こえた。

断るのが当然だろう。道を引き返しながらわたしは思った。ひとり暮らしの老女が、紹介もなく突然やって来た男客を警戒する気持はよく解る。闖入者の姿を発見した瞬間相手が感じた怯えを想像すると、断られた残念さよりもむしろ気の毒な気持が湧いてきた。悪いことをしたな。わたしは胸のうちでそう呟いた。結局、次のバス停のそばにある観光案内所まで足を運ばなければならなかった。紹介された部屋は道田夫妻のところから二、三百メートル離れた、薄汚い民家の二階だった。裏庭に面した窓からわずかに雨に煙る灰色の海が眺められた。小机の上に読み古されたポケット判のミッキー・スピレーンが一冊、投げ出されてあった。

思いがけぬ場所で一泊することになったため日程がすっかり狂ってしまった。気紛れを悔い、そのうえ小雨もよいの悪天候に意気沮喪したわたしたちは計画を変更して、翌日早々インヴァネスに引き揚げることに決めた。

はるばる西海岸まで、殺風景な民宿に泊りにやって来たようなものだった。

さて、翌日十時ごろ宿の支払いをすませ、

「では、これから出かけます」

と挨拶すると、六十すぎの太った女主人が怪訝な面持でこうたずねるのだ。

「どこへ行くの」

「インヴァネスに戻ります」

「何で？」

「何でって、十時半のバスでですよ」

「バスはありませんよ。バスも汽車もない」

「バスがない？　そんなはずはない」

「日曜日は何もないんですよ、何も」

女主人は、両手で何かを払いのけるような仕ぐさをして笑った。

そういえば日曜日だった。土地の人の言うことだから間違いあるまい。日曜日に一切の交通機関が休みになるというのは、こうした辺鄙な土地では十分考えられることである。

ではなぜ昨日、バスの時刻を調べに行った観光案内所でそのことを注意してくれなかったんだろう。係の若い女性の愛想のよい親切な応待ぶりに感激していたのに。一体あれは何だったのか。怨んでも、しかしもう遅い。

とにかく一刻も早く、道田夫妻と応急策を講じなければならない。宿の人にあらためて礼をのべ小雨の中を外へ出ると、ちょうど道田さんがバス道路から小さな坂をこちらへ向かって下りて来る姿が見えた。

「大変や、えらいことになった」

道田さんの声は興奮を抑えようとするためか妙に落着いて聞こえた。ヒッチハイクしか方法がない、これが直ちに出た結論だった。その日のうちにインヴァネスに帰り着かねばならない。前に泊ったホテルに部屋の予約までしてあるのだ。道田夫妻は翌日の月曜日の朝のロンドン行の汽車の切符をすでに買っていたし、わたしはわたしで、同じ日の朝のバスで北の涯、ジョン・オグローツへ発つ予定になっていたのである。

「本島へ渡るフェリーは動いているでしょうか」

「さあ、とにかく行けるところまで行くしか仕様がない」

小雨に濡れながらのヒッチハイクが始まった。日曜日の朝、しかも三人という悪条件が重なっている。道田夫妻には大きな荷物がある。見通しは暗い。

「だめだな」

試みもせぬうちからわたしは諦めてしまった。

運よく拾われても、せいぜい二人までだろう。夫婦は一組として扱われるから大丈夫として、半端のオレは切り捨てられる。三人ともか、それともゼロか。——ぼくはいいですよ。どうにかしますから、先に行って下さい。そう道田夫妻に申し出ている自分の姿を想像すると、もう実際に、このスコットランド西海岸の島にひとり置き去りにされたような心細さに胸が締めつけられてくる。

その間稀に一台、しばらくしてまた一台と車が走り過ぎた。無情にも見向きもせずに。そのうち全く跡絶えてしまった。

一方、わたしが悲観的な想像に耽っている間、道田さんは冷静に現実に対処する方法を考えていたらしかった。

「こらあかんわ。最初から三人もいたら無理や。男は隠れてよ」

彼は夫人ひとりを目立つ場所に立たせ、わたしを道端の建物のかげに連れ込んだ。ロンドンで買ったスウェードのコートを惜しげもなく着込み、雨の中ひとり佇む夫人の姿は健気というよりやはり気の毒であった。しかしこれだけは代ってあげる訳にいかない。

「ぼんやり立っていんと、サインを出さなアカンやないの」

道田さんが物蔭から督励する。しかしこう車の数が少ないと、サインの出しようもないだろう。

やっぱり駄目。フェリーの乗場まで歩くしかないのか。何時間かかるだろう。

二十分ほど経ってようやく次の車が来た。しきりに手を振る道田夫人の前を走り過ぎる。これも駄目、と諦めかけたとき、不意に車は停止した。かと思うとバックで近づいて来る。運転しているのは女性だ。

しめた。しかしいますぐ飛び出すのはまずい。道田夫人が運転席のそばで何かしゃべっている。こちらを振り返った。道田さんがゆっくりと出て行く。わたしも駆け出したいのを我慢する。

道田さんが交渉している。いや懇願している、哀願している。やっぱり二人なら乗せられるが、三人は……。

道田さんがこちらを見て手招きする。わたしは駆け出す。

運転席にいるのは髪に白いものの混じった、六十四、五の上品そうな婦人だった。エジンバラへ行くところで、フェリーは動いているから大丈夫だと言う。助かった！とにかくスカイ島を脱出できれば後はどうにかなるだろう。

サンキュー・ベリマッチを繰り返しながら道田夫妻は後部席に、わたしは助手席に乗り込んだ。

「よかった」

「地獄で仏」

道田さんとわたしの口から同時に同じ文句が飛び出す。まるでその日本語が解ったように、運転席の仏さんがこちらを見て頬笑んだ。

発車後しばらくして彼女が言った。

「雨の中で震えながら立っているこの人の姿が、あんまり可哀想だったのでね」

道田さんの非情にして果敢なる囮作戦は、こうしてみごと成功したのである。それにしても道田夫人はどんな風に頼んだのだろう。

今日中にインヴァネスに戻りたいのだがと立場を説明すると、われらが恩人は言った。

「本島に渡れば日曜日でもバスがあるでしょう。とにかくフォート・ウィリアムまで行って見ればわかります。どうせ途中、通るところだから」

地図で見るとフォート・ウィリアムというのは、スカイ島の南東の方角に位置する交通の分岐点である。そこから南下するとグラスゴー、さらに東へ転じてエジンバラへと道は延びている。逆に北東に一直線に行くとネス湖を経てインヴァネスに達する。

車の女性の言ったとおりフェリーは日曜日も動いていた。ちょうどタイミングよく、われわれの車が乗り移ると満車になって船が出た。

「ばんざーい、スカイ島脱出！」と道田さんが叫ぶ。するとそれが最終便であるかのような錯覚に陥って、わたしも「ばんざーい」と叫び思わず道田さんの手を握った。

車は老婦人の確かなハンドルさばきでスコットランドの田舎道を疾走した。さいわい雨も上り、濡れた舗装道路のところどころが斑（まだら）に乾きかけている。

「あなた方、どこから来られましたの」

「日本から」

「わたしはパリから」

「お天気が悪くて残念ね。この前まですばらしいお天気が続いていたのに。――タバコ喫ってもかまいませんか」

そう言って運転席の窓を少し開けわれわれにもすすめ、ライターで巧みに火をつけるといかにも美味そうに煙を吸い込んだ。

この女性はどんな人だろう。何をする人だろう。その親切さもさることながらそれ以上に、見も知らぬ外国人にたいするこの信頼し切った寛いだ態度、国や人種をこえて人間として接するあたたかみにわたしは胸を打たれた。今日が日曜日で、バスがなくてよかったとさえ思った。

窓外にはしばらく荒涼としたヒースの原野が続く。そのはるか遠くにひっそりと鋼色の水をたたえた湖が光り、あるいはまた湖かと思うと白波を立てる河であったりした。

湖水の彼方もまた暗紫色の荒野。その果てはそそり立つ岩山だった。灰色、赤褐色、紫色の縞を描く絶壁の中ほどに縦に細い真白な筋が見える。雪渓かと思ったがそうでなく、流れ落ちる水、滝であった。そう教えられ、あらためて目を凝らして眺めても張りついたように動かない。

ときたま城の廃墟のようなものが荒野にぽつりと立っていた。思いはおのずと中世騎士物語の世界へいざなわれる。

しかしたずねてみても、運転席の婦人はちょっと目をやるだけで、何も言わない。しばらくはまた沈黙が続く。車内の暖房のため、まどろみそうになる。

フォート・ウィリアムに近づいたころ婦人が念を押した。

「インヴァネスに戻るんですね」

「ええ」

とわたしは応じた。ところが後部座席の道田さんが意外なことを言い出したのである。

「悪いけど、ぼくら、このままエジンバラまで乗せて行ってもらうわ」

「えっ、どうして……」

「もうええわ。あの侘しいインヴァネスの町、見とうない。早よ、ロンドンに戻りたいわ」

「汽車の切符は？」

「損しても仕方ない。明日、エジンバラで乗れたら通用するやろ」

「……では、予約したホテルは？」

「しゃあない、屁かまそ。連れはとたずねられたら知らん、途中で別れたと答えといて」

高名な先生の口からふと洩れたこの卑俗な言葉を耳にしたとき、わたしは驚きよりもおかしさ、いやそれ以上に親愛感を覚え、もうそれ以上何も言わず好きなようにさせてあげようという気になった。日本を発って二カ月、旅の疲れが出はじめるころだ。そこへ今朝の苦労である。道田さんが一刻も早く帰りたい先は実はロンドンでなく京都ではないだろうか。

それでもやっと島を脱出しやれやれと安堵の胸を撫で下ろしていた矢先の、突然の予定変更である。わたしは動揺した。いずれは別れてひとりになるはずであった。しかしそれはインヴァネスに戻ってからのことで、全く勝手のわからぬ辺境で急にひとりぼっちにされるのかと思うと、身が縮むほど心細くなってくる。

オレも止めようかなぁ。そうわたしは胸のうちで呟いた。計画を放棄してこのまま一緒にエジンバラまで行ったら。そうすれば道田さんの「屁」の後始末もせずにすむ。この小雨まじりの悪天候の中を丸一日ついやして、はるばる北の涯まで足をのばすこともないではないか。

しかし、わたしは辛うじて踏みとどまった。そうさせたのは、脳裡にこびり付いて離れない一つの地名であった。

ジョン・オグローツ。

たまたまインヴァネスの観光案内所で教えられたこの名が、わたしを縛っていた。いかなる由緒のある場所なのか。一体そこに何があるのか。多分、渺々とひろがる北海の侘しい光景があるだけだろう。だがその冷たさが、その侘しさが、わたしを招いていた。ジョン・オグローツが呼んでいた。それを斥けたら何時までも悔いが残るであろうことを、わたしのこころだけでなく体が知っていた。

行かねばならない。この悪天候をおして、侘しさを噛みしめ、ひとり旅立つ。そこにわたしの旅がある。いまやっと、わたしのスコットランドの旅が始まるのだ。全身の緊張、心の高ぶりはそのことを告げているようであった。

われわれの恩人は、フォート・ウィリアムのバス・センターのそばで車を停めてくれた。

「インヴァネス行のバスがあるかどうか、見て来てごらんなさい」

言われたとおり待合室へ行って調べてみると、幸運にも一時発の便があった。あと十五分ほどである。車に駆け戻ってその旨報告すると、

「まあ、よかった」

と彼女はわがことのように喜び、運転席の窓から手を差しのべた。

「サンキュー・ベリマッチ」

尽きせぬ感謝の念をただこの一語にこめて、わたしはその柔かなあたたかい手を握った。

「Bon voyage（よき旅を）」

彼女はそれだけはフランス語で言って優しい微笑を浮べた。その顔を美しい、と思った。

「グッバイ。――じゃ」

後の方は道田夫妻に向けて言い、鞄を下ろしてドアを閉め、もう一度手を振ってバスの待合室の方へ足を向けた。

振り返って見ると、道順の検討でもしているのか車はなおしばらく停ったままだった。やがてやっと方向が決まったらしく、ロータリーを一回りして走り去った。

ふたたびインヴァネス

定刻より二十分近くも遅れて発車したバスは乗客もまばらで、その乗客も座席に大きなリュックを置いたセーターにジーンズ姿の若者ばかりだった。わたし同様、彼らもみな単独旅行者らしく見えた。黙ってじっと窓の外に視線を注ぐ者、熱心にノートに何か書き込んでいる者。話し声は全然聞こえない。

だがこの沈黙のなかには、行先を同じくする単独旅行者の連帯というか友愛のようなものが感じられ、わたしの緊張をやわらかく解きほぐしてくれるようだ。

暗雲低く垂れこめる九月の空の下、バスはエンジンを唸らせながらいくつもの停留所をとばして走り過ぎた。ときおり、車体が沿道の並木の枝をかすめてぱらぱらと鳴る。

フォート・ウィリアムを出て北東へ走ると、フォート・オーガスタという少し大きな町に着いた。フォートは「砦」の意味であるから、これらの町には城砦が残っているはずである。あらためて地図で確めてみると、フォート・オーガスタからさらに北東へほぼ一直線にネス湖が伸びており、その尽きるところがインヴァネスであることが判った。

バスは湖の西岸に沿って走った。

湖は行きに見たときと同じく褐色味を帯びた暗緑の水をたたえ、眠ったように静かに横たわっていた。

急激に空腹が襲って来た。二時をまわっている。朝、スカイ島のB&Bを出て以来飲まず食わずだから当然だ。しかし今はインヴァネスに着くまで我慢するしかない。

道田さんたちはどうしているだろう。エジンバラへ直行、それとも途中どこかで城跡でも見物して行くのだろうか。

別れぎわに車の老婦人の顔に浮んだ慈愛にみちた微笑。それがわたしの旅路をずっと見守ってくれているような気がした。

バスは速度を上げ、遅れを取り戻すどころか予定より十五分も早くインヴァネスに着いた。

バスセンターは鉄道の駅からすこし離れた裏通りの奥に隠れるように位置していて、そこはまた各方面への観光バスの発着所にもなっていた。これは好都合だと思ったが、あいにく案内所は日曜日のため閉まっている。切符売場にかろうじて人の姿を認めたので、窓口からのぞき込んで声を掛けた。

「明朝のジョン・オグローツ行の切符を下さい」

「満員」

「えっ、満員?」

思いがけぬ事態に、一瞬わたしは茫然となった。

「満員とは、どうして」

思わず抗議の口調でたずねると、

「予約でね」

と落着いた声が返って来た。

冗談じゃない。はるばるスカイ島から必死の思いで引き返して来たのに。

だが満員なら仕方がない。途方に暮れその場に立ちつくすわたしの表情がいかにも深刻に映ったのだろう。係員がボックスから出て来て慰め顔に言った。

「ひとりだけかね。じゃ、明日の朝、八時前に来てごらん。たぶんキャンセルが一つくらいあると思うよ」

その言葉にいくらか励まされてそこを出て、駅前へ向かった。店がすべてシャッターを下ろし、人の姿も稀な日曜日の午後の街。こうした侘しい情景にはすでに慣れているつもりでも、このスコットランド北部の小さな町の新しい廃墟を思わせる閑寂さは、ひとり旅の心もとなさと相俟ってまた一段とつよく胸に迫って来る。

低く雨雲の垂れこめる空を風が舞い、その風に運ばれてキイキイとかもめの鳴声が遠く近く聞こえてきた。松本清張やなあ。この町に着いたとき道田さんの口から洩れた文句が、実感をともなってよみがえってくる。

見上げると、かもめは何百羽と上空を舞い、あるいは建物の上に羽を休めながら鳴きつづけているのだった。確かに人よりも鳥の方が数が多い。その妙になまなましいけものじみた鳴声が、付きまとうようにどこまでも追って来る。

一体、何のために戻って来たのだ。心の張りが突如支えを失って、足がゼンマイの切れた人形のように止りそうになる。この侘しい北の町をさまよう自分の姿が次第に実体を失い稀薄になって、ついには淡い影と化して掻き消えてしまいそうだ。

何のために戻って来たのだ。バスはすでに予約で満員だと？　季節外れの九月なかば、この悪天候をおしてはるばる北端の岬まで日帰りのバス旅行に出かける物好きがバス一台分もいようとは。ここもきっと有名な観光ルートなのだ。

北の涯を目ざす心の高ぶり、暗い情熱までが観光業者の手によって操られたもののように思われ、わたしはこみ上げる苦い笑いを路上でかろうじて嚙み殺した。

とにかく腹ごしらえをと考えたが、もうこの時間ではレストランは閉まっているだろう。とりあえず荷物を預けてと、予約してあるホテルの方へ足を向けた。小雨が降りはじめている。

駅を背にすこし行くと、前方に別のホテルの標識が見えた。大きくはあるが全体にくすんだ感じの建物だった。その前を通り過ぎようとしてふと見ると、入口のそばに張紙が出ていた。

「最上階にB&Bあり、七ポンド」

安い。そうだ、ここにしよう。それにここならバスセンターに近い。

さきのホテルの方は予約を無断キャンセルにして、わたしは目の前のホテルの二階に設けられた受付へと階段を上って行った。

宛てがわれた部屋は六階だった。エレベーターは五階までで、それから上は階段を利用しなければならなかった。

部屋を見つけ一歩なかに入って見回した途端、わたしは「さすが！」と胸のうちで叫んで笑い出してしまった。

狭い部屋に小さなベッド、箪笥、洗面台。確かに、必要なものは揃っていた。そのうえ、さすがはスコットランドだけあって床には敷物。しかしその点を除くと、それまでに泊ったどのB&Bとも比べものにならぬほどのみすぼらしさ、薄汚さである。以前にスペインのコルドバで泊った安宿もひどかった。部屋の洗面台は蛇口がこわれ、台の下にもぐって元栓で水を出したり止めたりせねばならぬ有様だった。しかしその代り、そこには真冬にも明るい南国の光があった。陽気で楽天的な主人の人情があった。

肌に風を感じ、見ると押上げ式の窓が少し開いたままになっていた。換気のためらしい。窓枠と框との間に辞書のような分厚い本が挟んである。そのままでは窓がずり落ちて来るので、つっかい棒がわりらしい。湿気を吸ってぶわっと膨らんだその本は、よく見ると聖書だった。クリスチャンが見たら何と言うだろう。

だが何といってもこの部屋の最高傑作は洗面台だった。最初、離れた所から見ると前方に傾いているように感じられるので近づいて点検してみると、台の付いている壁全体が傾き、剝げ落ちそうになっていることが判った。

押してみるとぐらぐら揺れるが、まだ当分は保ちそうだ。しかし片隅はすでに崩れ落ち、ぽっかり口をあけた暗い穴の奥底からひんやりとした湿っぽい空気が老朽化したこの建物全体の溜息のように洩れてくる。

よくもまあ、こんな部屋に客を泊めて……。わたしは他人事のように感心した。

——二階へ下りて行き、受付の女性を連れて来る。

〈イクスキューズ・ミー。あなたはこの部屋の状態を知ったうえでわたしを泊めるのですか〉

〈イエース〉

〈オーケー。記念撮影をしたいんですが、カメラのシャッターを切っていただけませんか。ええ、この洗面台を背景に〉

カシャ！

〈オー、サンキュー・ベリマッチ〉

——こんな会話を頭の中でくりひろげながら、わたしはバネが弱く妙にふかふかしたベッドに身を横たえた。文句を言えば、泊ってくれと頼んではいないという邪慳な言葉が返ってくるにきまっている。

しかし何時までもそんな空想にふけっているひまはない。旅のスケジュールの組み直しに取りかからねばならないのだ。

バスセンターで言われたとおり、明朝キャンセルがあってバスに乗ることができれば簡単である。しかしその場合でも帰って来るのは夜になってからで、寝台列車には間に合わず、さらにもう一泊して丸一日この町で過ごさざるをえない。

もしキャンセルがなかったら、ジョン・オグローツは諦めてロンドンへもどった方がよさそうだ。それでもやはり、夜までの時間の過ごし方を考えておかねばならない。気分転換にすこし外を歩いてみることにした。時刻はもう四時をまわっていた。かもめの鳴きつづける小雨もよいの北の町は、早くも暮色に包まれかけていた。キャフェはどこも閉まっている。日曜日とはいえ、キャフェくらいは開けていてもいいのに。大きなホテルのバーすら閉まっている。

さいわい観光案内所は開いていた。先日、道田さんがホテルの件で世話になった女性の係員がひとりだけいて、帰り支度をしていた。

「明朝のジョン・オグローツ行のバスは予約で満員だそうですが、キャンセルがあるでしょうか」と訊ねると、

「あなたひとり？　じゃあ大丈夫ですよ」

「サンキュー」

そう言うわたしの顔を相手は笑いをふくんだ目で見て、

「お連れの方は？」

「はあ、旅を楽しんで（エンジョイ）いると思います、グッバイ」

あわてててそう答えて店を出た。長居は無用、ホテルの件がある。

いったんB&Bにもどり、バネの死んだベッドに沈みこむように身を横たえた。一仕事おえたような疲れをおぼえ目を閉じる。ありがたいことに、部屋がどんなに汚かろうと暖房だけは十分きいている。うとうとしてくる。観光案内所の女性にむかって、とっさに「エンジョイ」といった単語が口に出たことが何ともおかしい。エンジョイだって？　まてよ、あのひとはすべてを見透しているのかもしれんぞ。……

鳥の鳴声に目をさます。外では日暮れとともに、かもめの鳴声がいちだんと騒々しさを増したようだった。何十羽、何百羽と海からもどって来て勢揃いしている無数の海鳥の群をわたしは想像した。このホテルの屋根の上にも、数十羽止っているにちがいない。ときには、窓辺のすぐそこに止っているのかと目を向けたくなるほどの間近さで聞こえてくる。雨を喜び、さらに風を求めて鳴き叫ぶその声のたけだけしさに、わたしはヒチコックの映画「鳥」を思い浮べたりした。

いまではわたしは鳴声を聞き分けることができた。キキキキと速いテンポで鳴くのは飛翔中の鳥、キー、キー、キーと間隔をおいてゆっくり鳴くのは止っているやつだ。前者のたけだけしさにくらべ後者は妙にけものじみて、たとえば飢えた猫の声、ときには女の子の泣声を思わせてなまなましく、哀しく、無気味だった。

明日発つ北のはずれの海岸はこの町以上に侘しく、そこで聞く海鳥の鳴声はさらに哀切さを帯びているだろう。予定を急に変更してロンドンに引返して行った道田夫妻の方が、やっぱり賢明だったのかも知れない。ときおりおそってくる弱気、後悔の念とたたかいながらわたしは起き上り、旅程の検討にふたたび取りかかった。

わたしは観光案内所で調べてもらった汽車とバスの便を、念のためもう一度自分の手で調べ直してみることにした。この町に着いた日に相談にのってくれたあのフランス人のアルバイトの女子学生は親切ではあるが、不慣れのせいかどこか頼りない感じだった。それに、スカイ島の観光センターの例もある。そこの女性はにこにこしながら、しかし日曜日はバスがないという肝腎なことを教えるのを忘れたではないか。そうだ、すべてを自分の手でする、これが単独行動者の鉄則のはずだ。そう思いつくと同時にわたしは行動を開始した。

部屋を出て駅へ向った。駅まで五分足らずの近さがこの場合じつに有難い。

駅の時刻表を丹念に調べた。サーソーという町でバスに乗り換える。これは変らない。インヴァネス—サーソー間の行きと帰りの時刻を紙に書き写し、それを持っていったん宿に引き揚げた。そして、観光案内所の娘が紙に書き抜いてくれたものと突き合せて見た。その結果、食い違いが一つならず発見されたのである。

これまでの資料によれば、帰りはジョン・オグローツを朝発ってもインヴァネス帰着は夜の九時近くで、八時半発のロンドン行の夜行列車には間に合わぬことになっていた。ところが駅の時刻表では、四時過ぎに帰って来られるのである。

この発見にわたしは興奮した。

かもめの鳴声がまた一段とやかましくなった。わたしは紙から目を上げ、聖書のつかえのある窓ごしに向いの建物の濡れた屋根を眺めた。ふと、こうしている自分がアリバイ作りに懸命の犯罪者のように思えた。

わたしは中断された作業に戻るのを諦めた。こんな気の散った状態では駄目だ。一からやり直すべきだ。

もう一度駅へ足を運んだ。先程書き写した時刻の数字に誤りのないことを確かめ、自分の立てた旅行プランを点検し直した。そして見落しがないことを確信すると、出札口へ行って翌々日の晩のインヴァネス発ロンドン行寝台車の切符を買った。

これでやっと決まった。さてつぎは何をすべきか。部屋に戻る気にはなれなかった。

かといってキャフェは閉まっているし、レストランの開くまではまだ時間がありすぎる。

駅を出て、足の向くままに歩きはじめた。いつのまにか雨は止んでいた。しかし雲は相変らず頭上低く垂れこめている。ふと気付くと、先程まで騒々しく鳴いていたかもめどもがぴたりと鳴き止んでいた。目を上げると、方々の屋根の上に連らなって止っている姿が見えた。しかし鳴声はどこからも聞こえて来ないのだった。示し合せたような鳥どもの沈黙に見張られながら、わたしは人目を避ける犯罪者のようにさびれた裏通りを選んでネス川のほとりへ足を向けた。

北の岬へ

翌日、ひるまえの汽車でインヴァネスを発ち、サーソーへ向かう。この列車も空いていて、机付の四人掛け座席を一人で占めることができた。乗客のほとんどがジーンズにセーターの若者である。座席に大きなリュックを置き、窓外の景色に見入るもの、本を読むもの、広い机で絵葉書をしたためるもの。いずれも一人旅のように見える。前日フォート・ウィリアムから乗ったバスの乗客をそっくり移し換えたような車内風景である。

机に地図をひろげ、これから辿る道筋を調べてみた。インヴァネス附近、というよりスコットランド全体がそうなのだが、細く切れ込んだ入江がいくつもあって、いま列車はその切れ込みに沿って蛇行しているらしかった。暗雲が溶け込んだような灰色の海。海というより淀んだ川。

暖房がききすぎて暑くなってきた。通路を隔てた隣の席の若い女性が厚いセーターを脱ぐ。下は黒のTシャツだった。痩せた精悍な表情の娘である。シャツの下は何も着けていないようで、乳房が露わに見える感じだ。退屈している様子なので「ヘロー」と声をかけてみた。

「どこから来たの」

「カリフォルニアから」

へえアメリカからと内心驚きつつ、この娘もこれまで旅先で出会った人たち同様、国名でなく都市名（この場合は州だが）で答えたなと思う。相手が同じ質問をしたら、自分も「ジャパン」でなく「キョート」と答えてやろうと待ち構えたが、たずねてくれない。

どこから来ようと問題ではないのだ。同じ地球の人間ではないか。

「どこへ行くの」

「北の島へ」

「何島？」

「まだ決めてない」

わたしの机の上の地図に気付くと彼女は席を立ってそばへやって来て、胸をわたしの肩に押しつけるようにしてのぞき込み、長い手を伸ばしてオークニー諸島からさらに北の方、シェトランド諸島の方を指し示した。

「そんな遠くまで」

「本当はアイスランドまで行きたいんだけど。問題は交通ね。飛行機は高いし。陸上だとヒッチハイクができるけど海の上ではね」と笑う。

オークニー諸島というのはわたしの目ざす北の岬、ダンカンズビー・ヘッドの沖に横たわる多くの大小の島から成る群島である。遠いといってもシェトランドやアイスランドに較べると、それすらもまだ近くに感じられる。ジョン・オグローツを北の涯ときめていたのが恥ずかしくなった。

「あなたは何処へ」

訊ねられたので遠慮がちに北端の岬を示す。

「ここにジョン・オグローツってのがあるんだけど、どういう所か知らない？」

娘は全く関心を示さず、自分の考えの道筋に戻ったようにシェトランドのことを喋り出した。最近は北海の海底油田の開発が進み、精油所などがどんどん建てられているらしい。

「石油（ペトロール）、石油（ペトロール）」

と妙な抑揚をつけてそう言って彼女は皮肉な笑いを浮べた。

カリフォルニア娘は自席に戻り、またしばらくぼんやりと物思いに耽っているように見えたが、そのうち紙袋からチーズとリンゴを取り出して食べはじめた。昼食なのであろう。リンゴの果肉を齧り取るカボッという音が小気味よく耳にひびく。腹がへってきたのでサンドイッチでも買いに行こうかと考えていると、

「ヘイ！」

見ると娘がもう一つのリンゴを手にしてこちらを眺めている。目が合うと、投げてよこした。

「サンキュー」

彼女は日焼けした顔に白い歯をのぞかせて軽くうなずいた。そしてそれきり、わたしのことは忘れたように見向きもしなくなった。

車内の売店でサンドイッチと缶入りのギネスを買ってきて、便利なテーブルの上で昼食をはじめる。暖房に熱せられた体に冷たいビールがこころよく染みとおる。しばらくはほろ酔い気分に陶然となって窓の外を眺めていた。

一時は明るくなりかけていた空がまた険悪な様相を呈しはじめていた。前日の夜半すぎ、ホテルの部屋の窓硝子を叩いていた雨の音や風の唸りを不吉な思いで反芻する。雨だけは止んでくれ。一日だけでいいから晴れてくれ。

インヴァネスを出てしばらく西に向かっていた列車は、ビューリーを過ぎてからやっと北上を開始した。だが北海はまだ見えてこない。依然、入江に沿ってジグザグを描きつつ走っている。干潮時らしく窓外に泥沼のような干潟が続く。これでは海とはいえない。

目的地に近づくにつれて、わたしの胸にジョン・オグローツが謎めいた影を落としはじめる。何も知らぬままにひたすら思い焦がれた北端の土地。カリフォルニア娘から黙殺されたことで何だかいじらしく、またいとしくさえ思えてくるのだった。だが冷静に戻ると、やはり少し不安になって来る。二日を費して訪れるだけのものが果してあるのか。

ふと、先程売店へ行った際、隅の席にお婆さんが掛けていたのを思い出した。ひょっとしてあの人なら知っているかもしれない。わたしは席を立ってたずねに行った。

「失礼ですが」とわたしはゆっくりした英語で話しかけた。

「わたしはジョン・オグローツへ行くのですが、一体そこに何があるのですか」

彼女は何か言った。しかし高齢ゆえの発音の不明瞭、それにたぶん田舎訛りも加わって、折角の説明もわたしにはちんぷんかんぷんである。built（建てた）という単語が解るまでに何度訊き返さねばならなかったか。

それでも、昔ジョンなる男がグローツに家を建てた、ということだけは辛うじて解った。それがどういう家なのか、その肝腎な点がどうしても解らない。綴りの上から、ジョン・オグローツ（John O'Groats）のオ（O）はofの略と判断できるから、これは「グローツ村のジョン」の意味であろう。そのジョンにまつわる伝説とは何か。
礼をのべて席にもどり地図を睨む。「ジョン、ジョン」と胸のうちで呼んでみる。ジョンは姿を現さない。彼が建てたという家も見えてこない。そこは依然、北海に突き出た岬の小さな小さな黒点。そこからわずかに航路を示す赤い線が二本、三本とオークニーの島々へ伸びているばかり。それはこう告げているようだった。ここは通り過ぎるところ、島への渡しにすぎないと。何も知らぬままそんな土地にたちまち魅せられたわが心をふと振り返る。

いったん内陸へ入り込んだ列車がふたたび海岸へ出て来た。ゴルスピーの駅を出ると間もなくやっと待望の、海らしい海の景色が窓外にひろがりはじめた。

北海だった。島影ひとつ、船一隻見えない。水平線まで無気味に静まりかえった鉛色の海面がつづき、そのところどころに雲間を洩れる陽の光が銀色の縞を描いている。褐色の砂浜が走り過ぎた。黒い岩が飛び去った。海岸線が跡切れ、暗緑の芝草におおわれた放牧地がしばらくつづく。悠然と草をはむ羊の群。その間を列車に怯えて逃げまどう仔羊。

また海に出て、ブローラからヘルムズデールへと北海に沿って北東に走りつづける。

ブローラを出たころからやっと雲が切れ、陽がさしはじめた。海の色が変わる。鉛色を基調に、あるいは濃紺あるいは淡緑のまだら模様。海面は相変わらず奇妙なほど静まりかえっている。

その北海とも、ヘルムズデールで別れなければならなかった。バスならそのまま海沿いに北東へ走り、ウィックを経てジョン・オグローツへ直行するはずだが。

列車は内陸へ入りハイランド地方を弧を描いて北上し、終点サーソーに近づいて行く。

暗紅色のヒースの荒野。

家畜のいない牧場。

枯れ野のなかの奔流のきらめき。

柵ぎわに横たわる馬の屍体。

空がまた暗くなってきた。雨滴が車窓の硝子の表面にこすり疵をつけはじめた。

午後四時半すぎ、サーソー着。約五時間の旅が終った。

駅前に待っているバスを探し出し慌てて乗り込んだが、車内はがら空きだった。ほかの旅人は何処へ行ったのだろう。

そのうち例のカリフォルニア娘が小柄な体に大きなリュックを背負って乗り込んで来た。わたしの会釈にはこたえず、運転手に何かたずねている。その後もリュックを背負ったまま昇降口の近くに立ちつづけていた。

バスは発車したかと思うと間もなく停った。運転手に促されて娘が下車した。前方の建物に観光案内所の標識が読めた。妙にひっそりとして閉まっているように見えた。思案顔に道端に佇む娘に、動き出したバスの窓から手を振って別れを惜しんだ。

車内にはもう一組、同じ列車でやって来たらしい人々がいた。初老の男が三人と、その誰かの妻らしい中年の女。ジョン・オグローツまで行くのはたったこれだけなのか。彼らの喋る言葉はドイツ語のようだ。

十五分ほど走ったところでわれわれは降された。ここで乗り換えるのである。荒涼とした原っぱに小屋が建っていて、なかをのぞくと、薄暗がりに土地の人が数人腰掛けてバスを待っていた。わたしは外で待った。雨はすっかり上り、空は明るさを増していた。気温も予想していたほど低くない。忘れていたカリフォルニア娘のリンゴを取り出して齧った。果肉のしまったやや酸味のかった味だった。そのわたしを、ドイツ語を喋る一行が遠くから珍しそうに眺めている。

乗り換えたバスには途中から小学生の群が乗り込んで来て、車内はにわかに活気づいた。ふざけたり喧嘩したりするのを、ネッカチーフをかぶったお婆さんがたしなめる。しかし子供たちは騒ぎを止めない。

やがてバスはひろびろとした牧場のなかの一本道を疾走しはじめた。ところどころに木立があり、そのかげに民家が一軒、または二、三軒寄り添うように建っている。この土地では人家のある場所が停留所になっているらしかった。

こうして、買物籠を下げた主婦、顔に深いしわの刻まれた老人、学童たちがつぎつぎと降りて行った。ステップに足をかけてもまだ振り向いて仲間に悪態をつく子供。一軒家の前で連れ立って降りて行き手を振って見送る二人連れの少女は、姉妹にちがいない。

岬に向っているはずなのに、いつまでも海が見えてこない。あせりはじめたころ、やっと遠くに白波の砕ける浜が現れた。しかしバスは期待を裏切って海とは反対の方向に曲った。そしてまたも単調な草原の間を走り、また一軒家の前で子供をひとり降すと同じ道を引き返した。

ふと見回すと、何時の間にか車内の乗客はわたしと例のドイツ語を喋る男女の一行だけになっていた。あの連中にしても、わたしが窓から牧場の牛や羊の群に見とれている間に、姿を消してしまうのではないか。そしてわたし自身ひとりきりになって牧場のただなかでバスから降された途端、牛か羊に姿を変えられてしまうのでは。あの牛や羊どもはすべて、観光客の変り果てた姿なのだ。変身させられるとしたら、自分は牛と羊のどちらを選ぶだろうか。……

牧場の間に取り入れのすんだ麦畑が見えた。黄金色の麦の穂の上を黒と白の二種類の鳥の大群が入り乱れて舞っている。からすとかもめだろう。その夢幻じみた光景をうっとりとながめていた。

やがて鳥の乱舞する麦畑は窓外から消え、バスはやっと方向を終点に定めて牧場の間の一本道を疾走しはじめた。

牧草の彼方に濃紺の海面が見えてきた。それを背景に教会の尖塔、大きな平屋のスレートの屋根、白い壁。その数が次第にふえてくる。目的地はもう近かった。

ジョン・オグローツ

バスを降りた途端、激しい風がどおっと吹きつけてきた。
ダンカンズビー・ヘッドと呼ばれる北の岬の先端だった。海は荒れていた。汽車の窓から眺めた鏡のように凪いだ北海とは、別ものののように見えた。これが北海なのだ。白波にささくれ立つ濃紺の海をへだてた目の前に、大きな平たい島影。オークニー諸島のひとつにちがいない。

周囲を見回すと、右手にフェリーの乗場を示す標識が立ち、左手の百メートルほど先の海ぎわに、白壁に黒いとんがり屋根をもつお城のような建物が見えた。建物らしいものはそれだけである。グローツ村のジョンの建てたという家がこれだろうか。新しすぎはしないか。その方へ向いかけたが、どっと吹きつける強風に身が竦んで動けない。

不意に肩を叩かれた。驚いて振り向くと、バスで一緒だったドイツ語の一行のひとりだった。固い表情で、しかし善意の汲みとれるたどたどしい口調の英語で彼は言った。

「フェリーに乗るのならこっちだよ。一緒に行こう」

「ノウ、サンキュー」

すると彼は怪訝な顔をして仲間の方へ駆け戻った。

ついにひとり。

何はさておき今夜の部屋を確保しなければならない。そう思いつつ、前方のとんがり屋根の建物にあらためて目を向けると、「ジョン・オグローツ・ホテル」と看板が出ているのに気付いた。

お城でいえば天守閣に当る三階の部分は六角柱をなし、それぞれの面に窓が付いているらしかった。二つ並んだスレートのとんがり屋根も六角錐だった。白壁にうがたれた窓は枠を屋根と同じ黒ずんだ色に塗られ、全体が古風なしっとり落着いた色調にまとめられていた。ホテルの標識がなければ美術館、あるいは何かの記念館と見間違えられそうだ。由緒ありげでいかにも高そうだが、他に泊る場所は見付かりそうにない。とにかく様子を見に行くことにした。

芝草におおわれた緩やかな上り坂に一歩足を踏み出すと、待ち構えていたように風がいちだんと勢いを強めてまともに吹きつけてきた。透明の強靭な膜を全身で押している、そんな感じだった。力負けして押し戻されそうになる。この風変わりな建物の番人である風が、わたしの接近を妨げている。……

体の向きを変えて風勢の弱まるのを待つわたしの視野にそのときふと、小さな建物の姿が入った。「観光案内所」と出ている。こんな北の涯の岬にも。やはりここは観光地なのだ。途端に考えが変った。避難小屋に駆け込む気持でその方へ走った。風に押されて足がもつれそうになった。

小さな木造の小屋のなかには客は一人もおらず、係の初老の婦人がすでに帰り支度にとりかかったようなてきぱきした仕ぐさで、机の上のパンフレット類を片付けているところだった。

「すみません。部屋を見つけてほしいんですが。……ひとり」

息を弾ませながら言うのを、年齢のわりには派手な口紅をつけた係の女性は微笑を浮べて聞いていた。閉店間際に駆け込んできた客にたいしてもいささかも面倒そうな素振りを見せないそのおおらかな態度に、わたしは安堵を覚えた。

「ひとり……」

彼女はそう繰り返して小首をかしげた。しかしその眼もとには依然微笑が浮んでいる。

「どんなところをご希望ですか、ホテル？」

「ええ、海の見えるところ。できればジョン・オグローツ・ホテル。シングルの部屋がなければダブルでも構いません。その分、払います」

先回りして一気にこれだけわたしに言わせたのは、一人客は嫌がられるという過去の経験だった。彼女はわたしのせっかちを優しく制するように何度もうなずき、電話のダイヤルを回した。

しかしそのホテルは満室だった。ダブルの部屋もないらしい。そう聞くと是が非でもあのとんがり屋根の下で一夜を明かしたくなってきた。わたしの目には、窓の外はるかにひろがる北の荒海が見え、耳には、打ち寄せる怒濤のどよめきが聞こえた。北の海を眺めその波の音を聞くためにはるばるやって来たのではないのか。満室というのは本当か。シーズンオフの、しかも週日というのに。

係の婦人は別の番号をダイヤルした。今度は先方とは親しい間柄らしく、くだけた口調で話していたが、「サンキュー」と言って電話を切った。

「ここもだめでした」

「B&Bでもかまいませんが」

「いま、そのB&Bにたずねてみたんですけど」

彼女はちょっと考え込んでから三たびダイヤルを回した。今度は応答がなかった。

「おやおや」

そう呟きながらも彼女の表情は明るかった。

「だいじょうぶ。何とか見つかるでしょうよ。万一だめだったら、うちに泊めてあげます」

本当にそう言ったのか。わたしの耳でなく心がそう聞いただけではないのか。だがこのひとは職務としてだけでなく個人としても、他人をあたたかく迎え入れることを生甲斐としている人なのだ。冷静さの奥にひそむその善意を信じ、すべてをゆだねようと思った。

彼女は小さなノートをめくって番号を調べ、これが最後といったやや緊張した面持でダイヤルを回した。

「……海を見に来た男のお客さんがあるんですけど」

「海を見に来た」のところで彼女はちらと、いたずらっぽい一瞥をわたしに投じた。

「ええ、ひとり。一晩泊めてあげて下さいません?」

それから何か早口で続けた。返事を聞きながら軽くうなずいている。口もとに浮ぶ微笑は吉報のしるしだ。

「よかった。見つかりましたよ」

受話器を置くと彼女は声を弾ませた。ふとわたしは思い出した。スカイ島でわれわれを車に拾ってくれた親切な老婦人のことを。途中、インヴァネスへのバスの便があると知って彼女が見せたいかにも嬉しそうな笑顔を。

「ただ、少し離れています」と彼女はつづけた。

「いま車で迎えに来てくれますから、ここで待ってて下さい。オフィスは六時に閉めますけど、それまでいますから」

「海の見えるところでしょうね」

来しなにバスから見えた広い牧場、そのなかにぽつりぽつり建っている民家をわたしは思い描いていたのだった。

「ええ、もちろん」

わたしは厚く礼を述べ、規定の手数料として百五十円相当の金額を払った。その際、ふと思いついて訊ねてみた。

「ところで、ジョン・オグローツって何なのです」

「ジョンというのはオランダ人で、ここに有名な家を建てたのです」

「どんな家を」

「ほら、あそこに見えるでしょう」

彼女はオフィスの硝子戸ごしに外を指さした。

「あのホテルですか」

「正確にはそうじゃないんですが。……詳しいことはこれに書いてありますよ」

彼女は陳列の絵葉書の一つを指さした。わたしはおのれの迂闊さを恥じ、それを一枚買って添えられた説明文を読んだ。

ジョン・デ・グロートは十五世紀のおわりごろ、現在のホテルの建っている場所の近くに八角形の家を建てた。彼には七人の子供がいて席順のことなどで喧嘩が耐えないので、ジョンは自分の分をふくめ壁面が八つあって、それぞれに出入口の付いた正八角形の家と同じく八角形のテーブルをこしらえ、みなを平等にして家族の争いを絶った。ジョンはまたオークニーの島々への渡しを設け、一回につき四ポンドの渡し賃を取った。そこからグロート貨なる銀貨の名称が生まれた云々。

例のホテルはジョンの家を修復したものでなく、それを模して近年建てられたものらしい。したがって、由緒ある建造物という訳でもないようだ。それでも模したというい以上、先程六角形と見たのは誤りで、八角形なのだろう。

確かめておこうと小屋を一歩出ると、待ちかまえたように烈風が吹きつけてきた。目を開けているとたちまち涙にうるみ、視界がかすむ。ハンカチで目を押さえたまま立ち竦むわたしの耳にそのとき、短く車の警笛が聞こえた。迎えの車だった。

白っぽいネッカチーフをかぶり、帰り支度をととのえて出て来た観光係の婦人にもう一度礼を言い、差し出された手を握ってから迎えの車に乗り込んだ。

運転席には赤いネッカチーフをかぶった女性が坐っていて、わたしの顔を見ると黙ってうなずいた。年格好はよくわからないが、色の白い目のぱっちりとした美人だった。助手席には、これも緑色のネッカチーフをかぶった太った老女がいた。母親のようだった。

運転席の女性は窓ごしに観光案内所の女性と言葉をかわした後、車を発車させた。

激しい風のなかに平然と立って見送る老婦人にむかって、わたしは車の中から手を振った。グッバイ、さようなら、ありがとう。わずか十数分一緒にいただけなのに、一晩泊めてもらったような名残り惜しさだった。

車は、来しなに走ったおぼえのある牧場の中の一本道を引き返した。海がどんどん遠ざかる。心細くなってきた。二人の女性は一言も口を利かない。

やがて車は牧場のそばの、黒ずんだスレート屋根の一軒家の前で停った。大きな平屋だった。建物のわきの立札にBED & BREAKFASTと白地に黒く記されているのが、たそがれの薄明りのなかにはっきりと読めた。そのペンキの色も建物の漆喰の色同様、まだ新しかった。

赤いネッカチーフの女性は、そのままの格好でわたしを応接間に案内すると直ぐに姿を消した。わたしは立ったまま室内を見回した。建物の外見、あるいは辺境という土地柄からは想像できぬ豊かさだった。厚い絨毯、ゆったりしたソファと肱掛椅子、飾りではない本物の暖炉、大型のテレビ、そして一方の壁ぎわには竪型（アップライト）のピアノが二台並べて置かれてある。

どうやらここが自分に宛てがわれた部屋らしい。そう判断するとわたしは肱掛椅子にそうっと身を沈めた。大切なお客様として最高の部屋に迎え入れられたのだという実感が、やっと全身をほのあたたかく包みはじめた。スコットランドの旅の最後の一夜を高級ホテルの悪い部屋で過ごすことにならなくて本当によかった。あらためて感謝の念がこみ上げてきた。スカイ島でわれわれを救ってくれた老婦人の慈愛にみちた視線がつぎつぎと受け継がれて、いまもなおわたしに注がれているような気がした。

しばらくしてふたたび現れた宿の女性の姿を見たとき、わたしは先ほどの人とは別人のような印象をうけて戸惑った。ネッカチーフを脱いだからだろうか。胸のうちで、肩にかかる栗色の豊かな髪をネッカチーフで隠してみたが、どちらともいえなかった。きめのこまかな白い肌、じっと見つめるつぶらな瞳、それに無口な点などは同じだ。しかし、運転していた女性よりは少し年上のような気がする。同一人物、それとも姉妹？

彼女は黙ったままわたしに向って手招きし、寝室と浴室を案内してくれた。家中の床はどこも、廊下も、浴室も、もったいないほど立派な敷物が敷きつめてある。豊かさが家の隅々にまで行きわたっている感じだった。

寝室の大きなベッドには、温かそうな厚い毛布が二枚重ねられてあった。その一つを指さして、女主人はやや緊張した面持でやっと口を開いた。

「エレクトリック」

電気毛布のことだとわかった。

「わかりました」

すると相手の表情がちょっと和らいだ。

「これがスイッチ。寝る前に入れてください」

彼女は通じたかどうか探るような目付で見た。

「イエス、アイ・シー」

と繰り返すと、黙ってうなずいた。

応接間に戻って待っていると、彼女がバケツに大きな黒砂糖の塊のようなものを運んできた。泥炭（ピート）にちがいない。

暖炉に火を熾すのを近くで眺めていると、

「ペット、ペット」

と身をかがめたまま言って泥炭を指さす。

「ピート？」

「ペット」

まさか、この泥炭が彼女のペットであるはずがない。とすれば彼女の peat がわたしの耳に「ペット」と聞こえたのだ。

火を熾し終ると彼女は黙って引きさがり、やがて今度は盆に紅茶とミルクをのせて現れた。

「お茶、いかが」

相変らずにこりともせず、大きな目でじっと見つめる。一所懸命もてなそうと努めている、その素朴な心づかいが視線から直に伝わってくるようだった。

お茶を注ぎおわると、彼女はわらで編んだ蓋付きの小籠をテーブルの上に置いた。

「バスケット？」

確かに籠は英語でバスケットだが、それがどうしたのか。黙っていると、

「バスケット？」

ともう一度たずねて例の大きな目で返答をうながす。何のことだかわからぬまま、

「バスケット」と繰り返してみた。

すると彼女は満足げに大きくうなずき、そのバスケットの蓋を開けた。中にはビス

ケットが入っていた。biscuitが「バスケット」と聞こえたのである。「ピート」の場合と同じく、どうやら「イ」の音に問題があるらしいと、スコットランド英語の訛りの癖がわかりかけたように思った。

言葉が通じるとわかって安心したのか、彼女の態度からいくぶん固さがとれたように見えた。

「夕食はどうなさる？　ホテルで食べたければ車で連れて行ってあげますけど」

わたしは一瞬返事に迷った。急な客なので夕食の支度が間に合わないという意味だろうか。できることならホテルのレストランの片隅でわびしい食事をするのでなく、有り合せのものでもよい、ここの家族（きっと女だけだろう）と食事をともにしたかった。

「ここで食べることもできますか」

すると相手はうなずき、

「マトンを食べますか」

「ええ、何でも」

彼女はやっと口もとにかすかな笑みを浮べ、素早く部屋を出て行った。

夕食は人参とグリンピースのたっぷり入った田舎風野菜スープと、羊肉のステーキだった。だがわたしの甘い期待に反し家族と一緒でなく、宛てがわれた応接間のテーブルの上でひとり黙々と食べることになったのだった。

そのあとは、もう何もすることがなかった。テレビをつけてみる気にもなれず、窓辺に行き、カーテンの隅を持ち上げて外をのぞいた。とっぷり暮れた牧場の黒々としたひろがりの彼方にほの白いひろがりがかすかに見えた。海らしかった。やがてそれも、何度目かに眺めたときにはもう夜の闇に没してしまっていた。

それからしばらくソファに身をゆだね、暖炉の中の火を眺めながら時を過ごした。まわりには不思議なほどの静寂が支配していた。どんなに耳をすませても家中に話し声も笑い声も、またテレビなどの物音ひとつしなかった。家の人たちは何をしているのだろう。もう寝てしまったのか。耳を家の外、遠く彼方に向けると、さわさわと潮騒か風のうなりのようなものがかすかに聞こえるような気がした。耳の奥底にこもる昼間の残響かもしれなかった。

わたしはまた、先程から気になっていた壁際の二台のピアノのことを考えた。誰が弾くのだろう。この家にはあの無口な若い女性のほかには、母親らしい老人しかいないようだが。

　わたしは立ち上りピアノのそばへ行った。二台とも蓋に鍵がかかっていた。いまはもう弾き手がいないのか。ピアノの上には古びた楽譜が一枚、忘れられたように置かれてあった。わたしの知らない民謡風の曲だった。

　わたしはまたソファに戻り、二台のピアノについて想像をめぐらせはじめた。かつては連弾も行われたであろうが、あの栗色の髪のつぶらな瞳をした女と並んで坐っていたのは誰か。するとふたたび疑問が生じてきた。あのひとと、車を運転していた女性は同一人物なのか。双子のようによく似た姉妹ではなかろうか。おなじ色の肌、おなじ色の瞳、おなじ色の髪をもつ二人の女性をわたしはピアノの前に坐らせてみる。白い、しっかりした手が奏でる静かな曲。それは以前聴いたことのある懐しい曲だ。何時、何処で？　……

　ときおり暖炉の中で真赤に熱した泥炭（ピート）のかたまりが崩れ落ち、その音にわたしのとりとめのない物思いは破られた。

　眠りのなかで激しい雨音を聞いたように思った。しかしすぐに、前の晩インヴァネスの宿の窓硝子を叩いていた風雨の音を夢のなかで思い出しているのだと安心すると、間もなく雨音は消え、わたしはふたたび眠りにおちた。

深い静寂のなかで目が覚めた。窓に厚いカーテンの垂れた部屋のなかは暗かった。耳をすませたが、家の内も外も物音ひとつしない。まだ真夜中なのだろうか。時計を見ると七時をすぎている。そのまましばらくベッドに横たわっていた。静寂に聴き入りながら……。

やがて起き出して応接間へ行った。窓の端から光が洩れていた。カーテンを開けると、なだれ込む朝の光に一瞬目がくらんだ。青空が見えた。光を一杯に浴びた牧草地が見えた。その緑のひろがりの彼方に細長く、濃紺の海がぴったりと張りついた絵のように望まれた。

それだけの景色をしばらく貪るように眺めていると、女主人が朝食を運んできた。彼女を見たとき、やはり車を運転していたのと同じひとだと納得した。前夜の妄想は暖炉の火のいたずらだったのか。海への道をたずねると、裏の牧場を横切れば近いのだが今朝は雨で濡れているから、と表の道から行くようすすめられた。やはり前夜雨が降ったのだ。

家を出て舗装道路を右へ取った。すでに乾きはじめている道の表面に、スレートの屋根の斜面に、牧草の上に、雨上りの初々しい光があふれていた。意外に暖い外気のなかに、濡れた牧草の青いかおりをわたしは嗅いだ。

人も車も通らない一本道を、牛が草をはむ牧場の柵沿いに進んだ。立ち止まって眺めていると一頭の茶色の牛が柵のそばへ寄って来た。両の耳を残して頭部全体が真白で、白頭巾をかぶっているみたいだ。牛はじっとわたしの顔を見つめた。その表情に不審と警戒の色をわたしは読みとった。おまえは一体何者だ、さっさと行け。

「牛君、おはよう」と声に出して挨拶をしてふたたび歩きはじめる。

しばらく行くと、今度は数頭の馬が草の上に脚を折り曲げて横たわり、おだやかに朝の光を浴びていた。栗毛の背がびろうどのように光っている。

「馬君、おはよう」

次第に海が大きく近づいてきた。わたしの足は速まった。一軒の農家があり、教えられたとおりそこを右へ曲がった。すると農家の裏から二頭の羊が現れた。老夫婦連れ立っての朝の散歩といった風情である。わたしのそばを首をふりふり通り過ぎようとする。やっと村人に出会えたような懐しさにとらわれ、わたしは会釈しながら言った。

「おはよう。お散歩ですか」

その言葉はごく自然に口から出た。一瞬自分が羊になったような気がした。

雨にぬかるんだ小道を行くと海辺に出た。風はなかった。なかば朽ち、廃物と化したような桟橋が、潮の干いた浅い沼のような海のなかにゆるい傾斜をなして伸びていた。足もとの枯れ草のなかにとぐろを巻く太い鎖は赤錆に覆われていた。そのそばに白い大型のボートが、赤い腹を朝の光にさらして傾(かし)いでいた。

海は遠くに退き、岩礁の彼方に重たげな濃紺をたたえて静かに横たわっていた。前日、岬の先端から眺めた白くささくれ立った海面を思い出し、これが同じ海かと疑った。

あたりは小さな入江になっているらしく、水平線の一部は低い陸地で遮られていた。その尽きるあたりから、遠くはるかに沖合が望まれた。しかしその海面もまるで書割りのようにじっと動かない。

岩礁の間をはるか波打際まで足を運ぶのは諦めて近くの平らな岩によじのぼり、濡れた布のように張りつく暗緑または暗褐色の海藻類や干潟の水に映る空の色などを眺めたり、あるいは遠く沖合へ視線を遊ばせたりして時を過した。

それにも飽きると岩を下り、干潟の水のなかに生きものを探したが何も見つからなかった。

ふたたび岩にのぼり腰を下ろして、黒ずんだ岩礁のひろがりとその彼方の凪いだ海とにしばらく向かい合っていた。すると、先程から漠然と感じていたある種の懐しさ、海を見るときに何時も覚える感情が突然、はっきりした輪郭をおびてきた。たしかにどこかで見たことのある風景だ。……わたしは思い出した。遠足の日の初夏の浜辺、暑い日差し。遠く干潟のむこうに白く輝く海。友達と大声で呼びかわしながら岩から岩へと魚を求めて移動する少年。ふと陽がかげり身を起して見回すと、誰もいなくなっている。友達の姿も叫び声も掻き消されたように消え、深い静寂のなか、岩礁の群のただなかにひとり取り残されて佇む姿。……

そのとき、視野の片隅で何かが動いた。

遠く、波打ち際の岩の間にうごめく黒いもの。鳥にしては大きすぎる。注意深く眺めると、ほかにも二匹、全部で三匹いた。そのうちの一匹はじっと動かない。

鳥でなければ何だろう。突然、海豹（あざらし）という考えがひらめいた。そう思って眺めると、たしかに海豹が匍いまわる格好に見えてきた。

わたしは興奮をしずめようと自分にむかって言った。スコットランドの北端の海辺に海豹がいても不思議じゃないさ。それでもなお半信半疑で岩を下り、目を大きく見開いて数歩前に出た。

するとそれまで動かずにいた一頭が首をもたげ、あたりの空気を嗅ぐような仕ぐさを見せた。百五十、いや二百メートルちかくは離れているだろう。それでも敏感に感じ取ったようだった。子連れの夫婦。警戒の姿勢を示したのが父親にちがいない。

わたしは足を止め息を殺して、小さく岩の間に見え隠れする黒い海獣の動きを目で追いつづけた。最初の驚きと興奮が鎮まるにつれ、海豹の戯れる海辺の情景がごく自然のものに映ってきた。牛や馬や羊たちと仲よしになれたいま、海豹とも仲よくできぬはずがないと思った。おはよう、海豹君、と胸のうちで呼びかけた。

いまなら何を見ても驚かないだろう。あるべきものがある、ただそれだけのことに思えた。ちょうどあるべくして、自分がこの北の岬の無人の浜辺にひとり佇んでいるように。

そして気がつくと、インヴァネスを発って以来ひたすら北の涯目ざして焦っていた心の昂ぶりが何時しか眼前にひろがる凪いだ海のように鎮まり、なごんでいるのだった。感激も幻滅もない安らぎ、大声で笑い出したくなるようなあっけなさ。それはまたやっと得られた充足感と、そこから生ずるある不思議な心の静謐に通じていた。

干潟の上を渡る朝風がさわやかに頰を撫で岸辺の草をそよがせてから、また干潟の上をいずこへともなく消えて行く。その後を追って低く飛ぶ海鳥の姿がふと岩礁の暗い色の中に掻き消されたように見えなくなる。

その彼方に、海豹の親子の戯れる浜辺といちだんと色を深めた北の海が夢の中でのように遠近感を失い、そのぶんだけ鮮明さを増して浮び上っている。そのさまを、わたしはいつまでも時を忘れて眺めつづけていた。

初出は「旅のなかの旅」(京都新聞夕刊に一九八〇年十月一日より八一年四月十一日まで連載)の第三部。同年九月、全篇が新潮社より刊行。

*

山田稔　自筆年譜

一九三〇年（昭和五年）

十月十七日、福岡県門司市（現在の北九州市門司区）に父芳彦、母ヨキの長男として生まれる。父は中津、母は熊本の出身。前年の世界恐慌の影響で大不景気時代であったが、父は大阪に本店をおく商業興信所の門司支店長で家作も何軒か持っており、暮しはかなり裕福だった。三人の姉があった。明治十三年生まれの父とは年齢差が五十もあり、幼少期に遊び相手になってもらった記憶はとぼしい。母は病弱だった。

当時の門司市は人口およそ十二万の小都市ながら大きな埠頭をそなえた国際的貿易港として、また本州と九州をつなぐ鉄道の要衝として栄えていた。そのモダンな港町の雰囲気が私の性格形成に影響したと思う。

一九三二年（昭和七年）　二歳

五月十五日、五・一五事件。

一九三六年（昭和十一年）　六歳

二月二十六日、二・二六事件。

四月、信愛保育園に入園。

一九三七年（昭和十二年）　七歳

四月、門司市立清見尋常小学校に入学。

成績優良。痩身ながら足が速く、好きな学課は「体操」。さびしがりやで、海と船をながめるのを好む。

七月七日、日中戦争始まる。出征兵士が家に泊るようになる。

一九四〇年（昭和十五年）十歳

九月二十七日、日独伊三国同盟調印。

十月十二日、大政翼賛会発足。

このころ母に連れられてベルリン・オリンピックの記録映画「民族の祭典」を見る。はじめての洋画だった。

一九四一年（昭和十六年）十一歳

海洋冒険小説、家庭医学の書「赤本」などを愛読。

十二月八日、太平洋戦争開戦の報を学校で聞き胸をおどらせる。

一九四二年（昭和十七年）十二歳

三月、父の大阪転勤にともない京都市に移り、左京区吉田中阿達町に住む。京都市立第四錦林国民学校六年に編入、翌年三月、同校卒業。

一九四三年（昭和十八年）十三歳

四月、京都府立京都第一中学校（現洛北高校）入学。明治三年創立のこの中学の卒業生には湯川秀樹、朝永振一郎らのノーベル賞受賞者をはじめ、西堀栄三郎、今西錦司、桑原武夫、松田道雄、梅棹忠夫、あるいは詩人・画家の村山槐多らがいる。校風は自由主義的でとくにきびしい軍国主義教育はうけず。同学年に後に親友となる大槻鉄男がいた。何度か級長にえらばれる。好きな学課は「英語」。しかしそれもやがて敵性語として教えられなくなる。

夏休みに一年生を対象とした水泳訓練合宿（一週間）に参加、観海流の泳法を学ぶ。

一九四四年（昭和十九年）　十四歳
中学二年になりしばしば近郊農村へ勤労奉仕に出かけ、ひととおり農作業を経験する。また市内の家屋の強制疎開や防空壕掘りの作業にも従事させられる。

十二月、新設の海軍兵学校予科を志願、書類選考にパスし受験のため江田島へおもむくも不合格。

一九四五年（昭和二十年）　十五歳
四月より、学徒動員により三菱発電機の疎開工場（京都市立修学院国民学校）に配属される。戦争末期から戦後にかけて栄養失調状態におちいる。その間、ひとりで英語の勉強をつづける。

八月六日、米軍が広島に原子爆弾を投下。九日には長崎にも。

八月十五日、終戦の「玉音放送」を同校校庭で聞き、やっと終ったと安堵感をおぼえる。

九月、復学。その後当分、まともな教育をうけず。

一九四六年（昭和二十一年）　十六歳
中学の同級生恒藤敏彦、小堀鉄男と親しくなる。

　このころから芥川龍之介、志賀直哉、夏目漱石、島崎藤村を読みはじめる。とくに志賀直哉は、気に入った文章をノートに書き写すなどする。また吉田絃二郎、徳冨蘆花、吉村冬彦（寺田寅彦）らの随筆に親しむ。一方マンスフィールド、ギッシングを原文で読み、とくに前者の「園遊会（ガーデン・パーティー）」に感動し翻訳をこころみる。文学志望に反対の父と不和になる。

一九四七年（昭和二十二年）　十七歳

一月、父、脳溢血のため急死、六十八歳。一家はたちまち竹の子生活にはいる。三月、中学四年修了で旧制三高を受験、不合格。

このころ、学校の自由作文で教師訪問記を書いて蜂矢宣朗先生に褒められ、文章を書く楽しみに目ざめる。

十二月、随筆「秋風㈠」を京都一中新聞八号に発表。

一九四八年（昭和二十三年）　十八歳

三月、京都一中を卒業。三高を再度受験して不合格。四月、左京区下鴨の現住所に転居。

このころ、中学時代に英語を習った森清先生の自宅で個人レッスンをうけ、ゴールズワージーの短篇などを読む。

学制改革により洛北高校三年生となり、府立第一高女の校舎で女生徒と午前午後の二部授業をうける。これは当時の中学生にとって戦後最大の事件といってよかった。十月、新設の府立鴨沂高校三年に編入、男女共学となる。女生徒のことが気にかかり勉学手につかず。ジイドの『狭き門』、『背徳者』、マルタン・デュ・ガールの『チボー家の人々』などフランス小説を読む。

このころ小堀鉄男、恒藤敏彦らと同人雑誌「結晶」を出し、四号（一九四九年三月）まで続ける。エッセイ、小説習作を書く。また後に The Morning と題する英文のエッセイを鴨沂高校文芸部の「年輪」二号に書く。

六月十三日、太宰治が入水自殺（三十八歳）。

十一月十二日の午後、自宅のラジオで極東軍事裁判法廷での東条英機らへの絞首刑判決を聞く。“Death by hanging”という裁判長の冷厳な声によって敗戦の事実を実感させられる。

大学進学は最初東大（または早大）を志望していたが経済的事情から断念。

一九四九年（昭和二十四年）十九歳

三月、鴨沂高校卒業。このころ研究社現代英文学叢書の一冊でジェイムズ・ジョイスの『若き芸術家の自画像』（阿部知二による百三十ページの註釈付）をかじる。

学制改革のため大学入試が延期、六月に京都大学（新制）文学部を受験して合格。しかし第二志望校に合格したほどのよろこび（または失望）しかおぼえず。七月初め入学と同時に夏休みとなる。その休暇を利用して京都日仏学館の夏期講習で初めてフランス語を学ぶ。講師の一人に宮本正清がいた。

九月、大学の講義開始。フランス語の初級文法を伊吹武彦教授に、英語を深瀬基寛教授に習う。

七月五日、下山事件、十五日三鷹事件、八月十七日松川事件と怪事件相次いでおこる。

一九五〇年（昭和二十五年）二十歳

教養部在学中は語学以外は一般教養の講義にはほとんど出ず、自宅で本を読んだり小説を書いたりしてすごす。またこの年に始まった朝鮮戦争への反対、破防法阻止などのデモに積極的に参加。

一方で二回生のころ中川久定、杉本秀太郎、本田烈、塩津一太、筏圭司ら仏文志望者や法学部の武田忠治、酒井洌らと同人雑誌「季節」をはじめ、小説の習作を発表（同誌は三号で廃刊）。このころモーリアック、フロベール、モーパッサンなどを読む。その一方で、ヘミングウェイ、スタインベックなどアメリカの作家に惹かれ一時はアメリカ文学を専攻することを考える。

このころヴィットリオ・デシーカ監督の「靴みがき」、「自転車泥棒」を見て感動。

一九五一年（昭和二十六年）　二十一歳

四月、フランス文学科に進み、主として伊吹武彦（主任）、生島遼一、桑原武夫三教授の講義をきく。とくに桑原教授の文学概論は刺激にとみ影響をうける。

十一月十二日、京大を訪れた天皇を「平和を守れ」の大合唱で迎えたいわゆる「京大天皇事件」に加わる。

このころよりゾラを読みはじめる。

一九五二年（昭和二十七年）　二十二歳

三月、松川事件調査団に加わり福島県の松川へおもむき現場検証に立ち会う。調査報告「真実はだれも知らない」を「学園新聞」（四月七日号）に書く。

このころより「季節」の元同人たちと疎遠になりはじめる。

一九五三年（昭和二十八年）　二十三歳

三月五日、スターリン死去、七十三歳。

同月、京都大学文学部仏文科卒業。卒業論文の題は「ボヴァリ夫人の側面」（二十八枚）。

作家たらんとし東京に就職口を求めるが得られず、五月、大学院修士課程に進む。

この年の年末に桑原武夫教授からフランス革命の共同研究を手伝ってほしいとたのまれる。元々研究者になる気はなかったが生活の安定を考え承諾する。初志を裏切ったような疚しさをおぼえる。十二月、大学院を中退。

一九五四年（昭和二十九年）二十四歳

一月、京都大学人文科学研究所西洋部の助手に任名される。初任給は九五〇〇円。

当時、研究所（分館）は東一条西北角の旧日独文化研究所の二階建ての建物を利用しており、そこに西洋部と日本部がおかれていた。西洋部には桑原武夫、清水盛光（以上教授）、今西錦司（講師）、河野健二、会田雄次、上山春平（以上助教授）、多田道太郎、樋口謹一、藤岡喜愛、牧康夫、吉田静一（以上助手）、また日本部には井上清（教授）、飯沼二郎（助教授）などのほか助手として加藤秀俊、松尾尊兊らがいた。多田に可愛がられ公私にわたり世話になる。

以後五年間「フランス革命」の共同研究に参加。これまでフランス革命に関心がなかったので一から勉強をし直さなければならなくなる。助手として関連資料を集めたり、革命政府の公報であった週刊 Le Moniteur universel の覆刻版の興味ぶかい記事を日本語に訳して参加者に配るなどの下働きをする。個人の研究テーマは、多田道太郎と共同で「フランス革命期のコミュニケーションの諸形態」とし、そのためひと夏、アメリカより来日したラズウェル教授のコミュニケーション理論の夏期特別講義に出席するため会場の東大（駒場）の学生寮に一週間宿泊するなど涙ぐましい努力をする。一方で文学的テーマとして、革命後に流行した大衆小説の分析を通じてバルザックへの道すじを探る。

四月四日、多田道太郎に連れられて茨木市の富士正晴宅を初めて訪れ一泊。その人柄に魅せられ、以後親交をつづけその生き方に影響をうける。

文学部大学院生の研究誌「視界」創刊号にアンリ・ルフェーヴルの「革命的ロマン主義」の紹介文を書く。

このころ古本で太宰治全集（筑摩書房版）を購入、読みふける。

八月、桑原教授にすすめられアメリカのクェイカー教徒の「フレンズ・サービス・コミッティ」主催による国際学生セミナー「世界平和におけるアジアの役割」に参加、会場の神戸女学院の学生寮に一週間合宿。セミナーでは英語しか使用できず、英語の達者な東京の女子学生相手に悪戦苦闘する。

十月、戦後第一回フランス政府給費留学生試験を受け、口述試験で失敗、不合格。

一九五五年（昭和三十年）　二十五歳

人文研のメンバーを主とした「日本映画をみる会」に加わる。好きな監督は成瀬巳喜男で、そのころ封切られた『浮雲』、そこで富岡を演じた森雅之の名演技に魅せられる。しかし本当に好きなのは洋画で、古いフランス映画とくにジャック・フェデー(「外人部隊」)、ジュリアン・デュヴィヴィエ（「望郷」、「舞踏会の手帖」）などを愛好。好きな女優はフランソワーズ・ロゼエ、マリー・ベル、男優ではルイ・ジューヴェ、ジャン・ギャバン。その他新しいヨーロッパの名画をよく見る。

一九五六年（昭和三十一年）二十六歳

富士正晴『贋・久坂葉子傳』（筑摩書房）の書評を書く（「京都新聞」四月九日）。これが初めての書評であった。作者によろこばれる。このころ野間宏をはじめ第一次戦後派の小説を愛読。

十月、生島遼一主宰の「バルザックを読む会」に参加（この会は一九六三年まで七年間続く）。この間『人間喜劇』のほぼ全巻を原文で読み直し、小説読みの基礎体力がついたように感じる。

一九五八年（昭和三十三年）二十八歳

十月、高橋和巳『捨子物語』出版記念会（京大楽友会館）に出席。このころより高橋と親しくなる。

「フランス革命と小説―大衆小説家ピゴー＝ルブラン」を「人文学報」九号に書く。

十一月、多田道太郎とともに「日本小説を読む会」をはじめる。会では毎月一回、明治以後の日本小説（とくに長篇）をとり上げて報告した後、自由に討論し、その報告レジュメと討論記録を会報にのせる。以後、会の終るまでの約三十七年間、ある時期をのぞき会の運営および会報の編集・発行にたずさわる。

また多田道太郎、黒田憲治、樋口謹一、加藤秀俊、山田稔の五名でD・Dの会を結成。新聞のコラムに匿名で文化時評、大衆映画評などを書く。いい勉強になる。（D・Dは

Documentary と Detective の略)。

またこのころ広津和郎を愛読、とくにその「散文芸術の位置」をはじめ一連の評論、「同時代の作家たち」などの回想録からつよい影響をうける。

一九五九年(昭和三十四年) 二十九歳

バルザック『幻滅』(東京創元社『バルザック全集』第十一巻、第十二巻[翌年刊])を生島遼一、田村俶と共訳。初めての翻訳の仕事として約千枚の分量はかなりの苦業であった。

共同研究『フランス革命の研究』が岩波書店から出る。

一九六〇年(昭和三十五年) 三十歳

共同研究「文学理論」がはじまる。これには日本部から加藤秀俊、飛鳥井雅道の二名が、また研究所外からは作田啓一、鶴見俊輔、橋本峰雄、高橋和巳、杉本秀太郎、荒井健、西川長夫、それに小児科医松田道雄らが参加。討論の記録をとり会報「文学理論」を編集・発行(四〇号まで)。研究会は六六年まで続く。

五月、富士正晴に誘われ、作品発表の場を求めて「VIKING」の同人となる。同誌は文壇を意識せぬ稀な月刊の同人誌で当時井口浩、島京子、武部利男、福田紀一、沢田閏、高橋和巳、北川荘平らがいた。以後、「VIKING」と「日本小説を読む会」(「よむ会」)が生活の中心となる。会報に多くの短文を書く。

「よむ会」で野間宏『さいころの空』について報告、それをもとに「実存意識と内臓感覚―野間宏論」を書き、桑原先生の紹介で「文学」十一月号に掲載される。その際、先生に目の前で原稿の添削をされ文章作法の基本を学ぶ。

六月初旬、学会で上京中、多田道太郎、杉本秀太郎らと安保反対のデモに参加。

十月、寺内慶子（広島市出身）と結婚。

一九六一年（昭和三十六年）　三十一歳

このころ中央公論社から刊行が始まったチェーホフ全集を購入し愛読。原文で読もうと一念発起、教養部植野修司講師の初級ロシア文法の授業に出席。最後はひとりだけの生徒となって頑張るが、二年目に「三人姉妹」を読みかけたところで本業多忙のため脱落。

京大仏文科の沢田閏、島田尚一らが中心の「ヌーボーの会」に参加。月に一回集まり二十世紀の外国小説を読んで討論、会報「二十世紀小説」に短文を書く（この会は六六年五月までつづいた）。このころグレアム・グリーンを愛読。

このころからフランス帰りの大槻鉄男と親しくなる。

アンジェイ・ワイダ監督の「灰とダイヤモンド」に感動しワイダのファンとなる。

五月、バルザック『ふくろう党』（東京創元社『バルザック全集』第一巻）を桑原武夫、田村俶と共訳。

九月、宇野浩二死去、七十歳。私の愛読する小説家だった。

一九六二年（昭和三十七年）　三十二歳

五十枚ほどの小説「わが友の肖像」を「ＶＩＫＩＮＧ」一三八号に発表。学生時代の習作をのぞけば小説の処女作で、未熟ながら「期待と幻滅」という発想の基本の型がすでに出来ている。

六月、「日本小説を読む会」会報二十五号記念号を編み、「日本小説を読む会小史」を書く。

七月から八月にかけて恒藤敏彦とその友人福場庸の三人で信州追分の二階屋を借りて共同生活をおくる。そのときに読んだスウィフトの『ガリヴァ旅行記』（中野好夫訳）が後の『スカトロジア』執筆のきっかけとなる。またチャップリンの伝記を書く。

「グロテスクの世界」を「VIKING」一四六号に発表、以後約二年にわたり断続的に掲載、好評を博す。

十一月、長男誕生。

一九六三年（昭和三十八年）　三十三歳

このころから戦後の文学よりも、志賀直哉系の井伏鱒二、尾崎一雄、木山捷平、小沼丹ら私小説風の作家のものを愛読するようになる。

一月二十七日、円山公園の料亭左阿弥で高橋和巳の『悲の器』文芸賞受賞を祝う会が開かれ、「VIKING」の北川荘平、福田紀一とともにその準備に当る。発起人吉川幸次郎、小川環、桑原武夫、富士正晴、奈良本辰也、中村真一郎ら錚々たる顔ぶれ。他に梅棹忠夫、松田道雄らが出席。スピーチでは高橋の学才を惜しむ声ばかりで受賞作を褒める声はほとんど聞かれず後味のわるいものとなる。

D・Dの会の匿名コラムが『身辺の思想』

の題で講談社より出る。

一九六四年（昭和三十九年）　三十四歳

フランス革命と文学のかかわりのなかでバンジャマン・コンスタンに興味をいだき、スタール夫人との関係を中心に「バンジャマン・コンスタン―ある自由人についての考察」（「人文学報」二十号）を書く。

七月、長女誕生。

一九六五年（昭和四十年）　三十五歳

二月、北白川の石野外科に入院、痔の手術をうける。

三月、東京・銀座の文春画廊での富士正晴文人画展で杉本秀太郎と二人で受付をつとめる。

前年からこの年にかけて、岩波文庫に入るルソー『告白』の共訳のため桑原武夫、多田道太郎、樋口謹一らとともに熱海の岩波の別荘に二度合宿。その集中的共同作業はじつに楽しくまた有益であった。

三月末日で京大人文研を辞し、四月から同教養部講師となる。十一年間、恵まれた環境にありながらも個人的な研究業績をあげることができなかった。しかし日々身近にすぐれた才能に接しえたことは貴重な体験であった。人文研辞任は私の人生の大きな区切り目となる。

健康上の理由から十数年間つづけていた喫煙をきっぱりとやめる。

翻訳、フロベール『三つの物語』（中央公論社『世界の文学』第十五巻）、ゾラ『ナナ』（河出書房新社『世界文学全集』第三集十三巻）、その解説として「ゾラと現代」を書く。

一九六六年（昭和四十一年）　三十六歳

二月、二女誕生。

四月、『スカトロジア＝糞尿譚』が富士正晴の挿絵入りで未来社から出る（担当編集者・松本昌次）。これが私の処女出版となる。東京新聞「大波小波」欄をはじめいくつも好意的書評が出るもすべて匿名。

七月、約二十名のフランス語教員とともにフランスでの語学研修に参加。西南部ピレネ山脈に近いポーおよびパリ郊外サン＝クルーでの研修の後、十月から約一年間パリに滞在、十六区のマレシャル・リヨテ通り二十七番地のピエール・フォッソリエ氏のアパルトマンに下宿。他人との交際をさけ、読書と映画に時をついやす。

後に『幸福へのパスポート』に収められる作品を「フランス・メモ」の通しの題で「VIKING」に書き送る。これによって従来の「小説」の形式にとらわれぬ自由な散文のスタイルを身につける。

ルソー『告白』（全三巻岩波文庫、前年に共同で訳したもの）。

一九六七年（昭和四十二年）　三十七歳

（在パリ）

三月、前年に訳したゾラ『クロードの告白』が出る（河出書房新社『カラー版世界文学全集』第十六巻、『ナナ』と併録）。

五月、大学時代からの親友とスペイン旅行をこころみ、マドリッド、セビリア、グラナダを経てバレンシアから船でマヨルカ島に渡り、バルセロナを経由してパリにもどる。

七月、単身でイタリアを旅行する。

九月、フランスより帰国。しばらくは日本の社会に再適応できず。

前年に書いた「鳥獣虫魚の文学」が共同研究『文学理論の研究』(桑原武夫編、岩波書店)に収録される。

多田道太郎に協力を求められ大槻鉄男、佐々木康之、西川長夫(後に天羽均)、および助言者としてのイヴ＝マリ・アリューとともに三省堂の「クラウン仏和辞典」の編纂に参加。後々までつづく改訂作業をふくめ根気を要する難作業であったが、アリューのおかげでフランス語の奥深さを知る。

このころ、富士正晴にすすめられ小川国夫を読み、とくに『アポロンの島』『海からの光』などの初期作品を愛読する。

一九六八年(昭和四十三年)　三十八歳

「VIKING」二〇四号に発表した「幸福へのパスポート」が全国同人雑誌最優秀作として「文學界」三月号に転載され、第五十九回芥川賞候補作となる。受賞作は大庭みな子「三匹の蟹」と丸谷才一「年の残り」。「函のなか」、「犬のように」、「ローマ日記」などを「文學界」、「文芸」、「VIKING」に書く。

九月、広津和郎死去、七十六歳。

このころ「VIKING」にアルフォンス・アレーのコントを訳す。

一九六九年(昭和四十四年)　三十九歳

一月、『幸福へのパスポート』が河出書房新社より出る(装幀・佐野洋子、帯文・桑原武夫、埴谷雄高)。埴谷の文に感銘をうける。担当編集者・岡村貴千次郎。

京大教養部が学生によりバリケード封鎖され研究室の図書を多数盗まれる。

二月、四十八時間の自己懲罰的なハンガーストライキをおこなった作田啓一教授への連帯を示すため、その後を継いでハンストをはじめる。

『スカトロジア＝糞尿譚』により三洋新人文化賞（文化評論部門）受賞（選考委員は赤尾兜子、梅原猛、小島輝正）。副賞の十万円は当時の私には大金であった。

六月、「日本小説を読む会」会報一〇〇号記念号を編集。前年「文芸」に発表した「犬のように」が第六十回芥川賞候補作となる。受賞作なし。

このころ大槻鉄男の紹介で東京の数学者斉藤正彦、画家阿部慎蔵を知り、以後親交を重ねる。また斉藤を介して数学者倉田令二朗と親しくなる。

九月、大学のバリケード封鎖が警察機動隊によって解除され講義が再開されたのを機に「コーモンのむこうがわ」をウンコッテ・ウンコテビッチ・クサイスキーの筆名で「京都大学新聞」（九月二十九日号）に書き、〈大学〉にサヨナラをする。

一九七〇年（昭和四十五年）四十歳
「ウンコッロ・クラッター氏の世にもすばらしき体験」を「ＶＩＫＩＮＧ」二三〇号に書く。

十一月二十五日、三島由紀夫、自衛隊内で割腹自殺、四十五歳。

一九七一年（昭和四十六年）四十一歳

一月、エッソ・スタンダード石油のPR誌「ENERGY」の特集「日本人の海外紀行」に「ヴォワ・アナール」を書き好評を博す。

五月三日、高橋和巳死去、三十九歳。九日の東京青山葬儀場での葬儀に参列。葬儀委員長埴谷雄高。一般会葬者の長蛇の列ができる。その大半が若者。

寺田博にたのまれ「文芸」七月臨時増刊・高橋和巳追悼特集号に「失われたユートピア―もうひとつの解体」を書く。十分な時間がなく京都のホテルではじめてカンヅメを体験する。

「老人たち」を「風景」五月号に書く。

十月二十日、志賀直哉死去。八十八歳。

十二月、たまたま書店で手にとった尾崎翠『アップルパイの午後』（薔薇十字社）のなかの「第七官界彷徨」を読み驚嘆する。

一九七二年（昭和四十七年）　四十二歳

二月、河出書房の岡村貴千次郎にさそわれて「夢屋」に深沢七郎を訪ね、今川焼とラブミー牧場の味噌をたくさん土産にもらう。

長篇小説「選ばれた一人」を「文芸」六月号に書く。

「新潮」十月号の稲垣真美「女流作家尾崎翠の終焉」により彼女がつい最近まで生きていたことを知りおどろく。すぐに手紙を書き稲垣氏を識る。

二月、短篇集『教授の部屋』、十月、『選ばれた一人』がともに河出書房新社より出る。

一九七三年（昭和四十八年）　四十三歳

「子供の情景」を「風景」三月号に書く。

九月、「日本小説を読む会」会報一五〇号記念号を編集。

十一月、エッセイ集『ヴォワ・アナール』が朝日新聞社より出る（装丁・辻村幸宏）。

「VIKING」、「日本小説を読む会」会報その他に発表したエッセイと評論から成る。

一九七四年（昭和四十九年）　四十四歳

「差別語糾弾」問題にかんして東京新聞八月三日号に書いた「〃言葉狩り〃の背後にあるもの」が反響をよび同紙の十一月十四、十五日号に「〃言葉狩り〃再考」を書いて、差別意識を変えず言い換えでごまかす傾向を批判する。

六月、「初恋」を「風景」六月号に書く。

「文學界」「風景」などに発表した作品をおさめた短篇集『旅のいざない』が冬樹社より出る（函の装画・駒井哲郎、解説（付録）黒井千次「雨の夜の山田稔氏」）。

このころ「フェリーニのアマルコルド」に感動、イタリア映画のファンになる。

十二月十八日、パリの下宿の主人ピエール・フォッソリエ死去、八十歳。

一九七五年（昭和五十年）　四十五歳

三月、桑原武夫を団長とするシルクロード旅行団に参加、タシュケント、サマルカンド、ブハラ、ドゥシャンベ、フルンゼを訪れる。その旅をもとに翌年の「文芸」八月号に「雨のサマルカンド」を発表。

八月、「もうひとつの旅」を「文學界」八月号に。

二十三日、母、慢性気管支炎のため死去。

享年八十四。その報を月山の志津の旅館で聞く。

十一月、「ＶＩＫＩＮＧ」に分載したアルフォンス・アレーのコントが短篇集『悪戯の愉しみ』の題で出帆社より出る（装釘、装画・久里洋二、帯文・澁澤龍彥）。

一九七六年（昭和五十一年）　四十六歳

五月、金芝河作品集『不帰』のなかの「糞氏物語」（塚本勲訳）をめぐり「糞氏の思想」を「展望」五月号に書く。

九月、「ＶＩＫＩＮＧ」および「文芸」に発表した短篇をまとめた『ごっこ』が河出書房新社より出る（装幀原画、ブリューゲル「子供の遊戯」部分）。

九月九日、毛沢東死去、八十二歳。

一九七七年（昭和五十二年）　四十七歳

「愛のよろこび」を「文藝」一月号に、「贈りもの」を「問題小説」三月号に書く（挿画・阿部愼蔵）。

「オートゥイユ、仮の栖」を「展望」四月号に書く。桑原武夫『フランス印象記』（講談社学術文庫）の解説として「人間のいる風景」を書く。

九月に渡仏、最初はパリ九区コーマルタン通り七十一番地に住み、翌年七月、十五区エミール・ゾラ通り八番地、ミラボー橋近くに移り約二年間、パリ第三大学所属東洋語・東洋文化研究所（通称ラング・ゾー）で日本語を教える。

カルチエ・ラタンの映画館で封切られたばかりのエットレ・スコーラ監督の「特別な一日」をみて感動、以後、この監督と主演のマルチェロ・マストロヤンニのファンとなる。

またこのころミラン・クンデラを愛読。

十二月末から翌年にかけて、旧知のフランス人夫妻とスペイン・アンダルシア地方を旅行。後にそれをふまえ「太陽の門をくぐって」を書く。

『スカトロジア＝糞尿譚』の未来社版に新たに「ヴォワ・アナール」など四篇を加えたものが講談社文庫に入る。


一九七八年（昭和五十三年）　四十八歳
（パリ滞在中）

四月、パリの旅行社のツアーに加わりギリシャを旅行。

このころハル・アシュビー監督の「ハロルドとモード」（「少年は虹を渡る」）を見て感動。

九月、多田道太郎夫妻とスコットランドを旅行。後にそれをふまえ「ジョン・オグローツまで」を書く。

十二月、旅行社のツアーに加わりモロッコを旅行。

『クラウン仏和辞典』（三省堂）が刊行され、十一月、毎日出版文化賞を受賞。


一九七九年（昭和五十四年）　四十九歳
（パリ滞在中）

一月、京都からの電話で親友大槻鉄男の訃報に接す。彼は三月よりパリに留学予定で、荷物の一部が私の下宿にとどいていた。

「お多福風邪とアスピリン―大槻鉄男哀悼」を「VIKING」三四一号に書く。

二月、ポルトガルに旅行。雨のなか、西南端のサグレス岬を訪れたとき空が晴れ、不思議な輝きにつつまれる。五月、オランダ、ベルギーを旅行、ブルージュの町に魅せられる。

七月十五日、フランスより帰国。早速、大槻鉄男の遺作集の編集委員八名のうちに加わる。

十二月、「日本小説を読む会」の会員を中心に「大槻鉄男追悼」を編集。大槻鉄男『遺作集』刊行のために奔走。

一九八〇年（昭和五十五年）　五十歳

四月、大槻鉄男作品集『樹木幻想』が編集工房ノアより出る。装幀・阿部慎蔵。帯文は富士正晴。大槻の略年譜および「あとがき」を山田が書く。刊行の費用は友人たちの出資でまかなう。この編集・出版を通じて編集工房ノアの若い社主涸沢純平を知り、以後親交をつづけ大いに世話になる。

六月二十三日、NHKテレビの文化シリーズ〈文学への招待〉「幻の女流作家」の第一回「尾崎翠—感覚の彷徨者」に黒井千次とともに出演、司会は稲垣真美。

短篇連作『コーマルタン界隈』を「文藝」七月号より開始。

また十月一日より「京都新聞」夕刊に「旅のなかの旅」の連載を始める（挿絵・阿部慎蔵）。

八月、「しがみの精神」を富士正晴『どうなとなれ』（中公文庫）の解説に書く。

十二月、「静寂の力—尾崎翠を読む」を『第七官界彷徨』（創樹社）の解説に書く。

一九八一年（昭和五十六年）　五十一歳

五月、『コーマルタン界隈』の連載完結。連載中、毎日新聞の文芸時評（篠田一士）で激賞される。

「京都新聞」に連載中の「旅のなかの旅」が一五四回で完結。

『幸福へのパスポート』（初版に「オートゥイユ、仮の栖」を追加）が講談社文庫に入る（解説・杉本秀太郎）。

九月、『コーマルタン界隈』が河出書房新社より出る（装画・野見山暁治、帯文・篠田一士）。

同月、『旅のなかの旅』が新潮社より出る（表紙装画・阿部慎蔵）。

この年のおわりごろ、「VIKING」初期の同人で作家の前田純敬より手紙をもらい、それがきっかけで文通がはじまり数年間つづく。

一九八二年（昭和五十七年）　五十二歳
「白鳥たちの夜」を「海燕」二月号に、「岬の輝き」を「新潮」四月号に書く。

三月、『コーマルタン界隈』により一九八一年度芸術選奨文部大臣賞を受賞。同時受賞者に独文学者の小松伸六、女優の森光子、映画監督の小栗康平ら。授賞式は三月二十五日二時より教育会館で。

その受賞を祝う会が四月十日、京都のルレ・オカザキで開かれる。出席者六十六名、司会杉本秀太郎、祝辞桑原武夫、乾杯の音頭松田道雄。

四月より六月まで「毎日新聞」夕刊の「視点」欄を担当。

四月、若くして刑死した歌人島秋人を扱った谷原幸子の小説「つりがねにんじん」に感動。「やさしい声」を「VIKING」三七六号に書く。

「詩人の魂」を「海燕」五月号に書く。

六月、エッセイ集『生命の酒樽』が筑摩書房より出る（表題作はドイツ文学者大山定一の晩年を描いたもの）。

この年の八月、わが家の近くの下鴨北園町にある詩人天野忠宅を涸沢純平に連れられて初めて訪れ、以後十年間、年に一、二度の訪問をつづけ影響をうける。

十月十二日、伊吹武彦死去、八十一歳。十五日、百万遍の知恩寺内瑞林院で葬儀。「別れ酒―伊吹武彦先生を悼む」を「読売新聞」（十月十六日夕刊）に書く。

十月、「日本小説を読む会」会報二五〇号記念号を編む。

十二月、前年より「VIKING」に「さまざまな生業」の題で訳してきたトニー・デュヴェールの短篇が『小鳥の園芸師』の表題で白水社より出る。

「ひと夏の恋」を「新潮」十二月号に書く。

一九八三年（昭和五十八年）　五十三歳

一月より六月まで「読売新聞」夕刊の「潮音風声」欄を担当。

「秋の終りに」を「海燕」三月号に書く。

五月、「海燕」、「新潮」などに発表した作品を収めた短編集『詩人の魂』が福武書店より出る（装丁・菊地信義）。

三月、「楽しき逸脱」（桑原武夫対談集『日本語考』潮出版社の巻頭エッセイ）。

一九八四年（昭和五十九年）　五十四歳

八月、京都で加藤典洋に会い、「思想の科

学」のために「日本小説を読む会」会報について取材をうける。

一九八五年（昭和六十年）　五十五歳

三月、富士正晴からアクセル・ムンテ『ドクトルの手記』（岩田欣三訳、上下二巻）を借りて読みふける。その後、同書が『サン・ミケーレ物語』の題で訳されているのを大阪の古本屋で見つけ訳者の久保文に手紙を書き、これがきっかけで親しくなる。ラング・ゾーでの体験をもとに「ブーローニュの森近く——ドーフィーヌ回想」を「世界」の三月、四月号に書く。

「読書漫録」の連載を「VIKING」四〇九号より開始（四二一号まで）。

七月、エッセイ集『影とささやき』が編集工房ノアより出る（カバー・扉絵・粟津謙太郎）。

一九八六年（昭和六十一年）五十六歳

二月下旬より椎間板ヘルニアによる座骨神経痛のため一乗寺の葛岡整形外科医院に三週間入院。手術はまぬがれたものの以後も腰痛に悩まされることになる。

四月、ヴィクトル・エリセ監督の「ミツバチのささやき」を見て感動。

七月から十二月にかけて「神戸新聞」の「せいかつエッセイ」欄に七回執筆。

水上勉『私版京都図絵』（福武文庫）に解説を書く。

九月、「VIKING」に連載した「読書漫録」が『特別な一日』の表題で朝日新聞社より出る（カバー画・松本竣介「街の人々」、装幀・多田進）。

「懇親」を「海燕」九月号に、「再会」を「新潮」十一月号に、「糺の森」を「海燕」十二月号にそれぞれ書く。

九月七日午後、『続天野忠詩集』（編集工房ノア）の出版と喜寿の祝いをかねた「天野忠さんの会」が高野川西北角の料亭「大和」で開かれそれに出席。参加者二十七名。

一九八七年（昭和六十二年）五十七歳

一月、アルフォンス・アレー『悪戯の愉しみ』が福武文庫に入る。

三月、「日本小説を読む会」会報三〇〇号記念号を編む。これにかんして新聞・雑誌に短文を書く。

四月十九日、長谷川四郎死去、七十七歳。

五月五日、年下の友人佐久間聖司の結婚披露宴（東京）で、祝辞代りに天野忠の詩「しずかな夫婦」を朗読する。

七月十五日、富士正晴死去、七十三歳。葬式は自宅でごく簡素に。「ＶＩＫＩＮＧ」同人の僧侶青木敬介による読経のみ。

「生を噛みしがむ―富士正晴追悼」を「毎日新聞」七月十八日夕刊に、「生の傾き―富士正晴を送る」を「海燕」九月号に書く。

七月、「岬の風景」を編集工房ノアのＰＲ誌「海鳴り」３号に書く。以後、同誌にいくつもの作品を発表する。

八月より「京都新聞」夕刊「現代のことば」欄を担当し、二〇〇一年六月までの十四年間ほぼ隔月に寄稿する。

秋より杉本秀太郎、廣重聰と三人で『富士正晴作品集』（全五巻、岩波書店）の編集に当る。担当編集者・都築令子。

「サン・ミケーレの闇」（「海燕」十一月号）によってアクセル・ムンテを紹介する。

「奇しき因縁─小島輝正さんのこと」を「VIKING」四四三号に書く。

一九八八年（昭和六十三年）　五十八歳

四月十日、桑原武夫死去、八十三歳。十五日、黒谷の金戒光明寺で盛大な葬儀。「慈父のように─桑原武夫先生」を「新潮」七月号に書く。

五月十四日、京大フランス文学研究会総会で「バルザックを読む会のことなど」と題して講演。

「告別」を「新潮」四月号に書く。

十一月、『富士正晴作品集』の編集作業はとどこおりなくすすみ、最終巻の第五巻が出る。

十一月六日、茨木市の中央図書館で「富士正晴の人と作品」と題して講演。

「くぎ」を「海燕」十一月号に書く。

十二月十一日夕刻より京大楽友会館で『富士正晴作品集』の完結を記念するパーティを開催。山田による経過報告の後「VIKING」同人井口浩の発声で乾杯。


一九八九年（昭和六十四年・平成元年）　五十九歳

一月七日、裕仁天皇死去。

二月十八日、玉置保巳、涸沢純平と三人で大津市民病院に入院中の天野忠を見舞う。腰の手術で用いられた麻痺薬の副作用で両脚が萎えてしまった天野は「この世には二つの人種しかない。足で歩けるのと歩けないのと」と歎く。

三月七日、京都市内の病院に長年の友沢田閏を見舞い最後の別れをする。

このころから一九九二年にかけて年に一、二回、三馬会と称し「VIKING」の北川荘平、福田紀一と三人で酒を飲みながら文学を語る集まりをつづける。

四月十九日、十三日に六十三歳で死去した文芸評論家篠田一士の葬儀に参列のため上京。

このころ侯孝賢監督の「童年往事」を、また後に「冬冬（トントン）の夏休み」を見て感動。

五月十三日、寺田博に案内されて福田紀一とともに埴谷雄高宅を訪問、激励される。

「女ともだち」を「新潮」五月号に書く。

十九日、阿部昭死去、五十四歳。

六月十三日、東一条の日伊会館地下のレストランでのミッシェル・ビュトールを囲む会に出席。

六月二十三日、沢田閏死去、五十九歳。翌日の葬儀で弔辞をよむ。

八月、「海燕」七月号で大原富枝の色川武大を追悼する「男友達」を読み感動。手紙を出し、文通がはじまる。

九月、「新潮」、「海燕」などに発表した短篇小説から成る『再会・女ともだち』が新潮社より出る（装画・牧進）。

十月十六日、大津市で開かれた「びわ湖フォーラム」の「文学と環境」部門に参加。シベリア地方の作家ラスプーチンらの報告を聞く。野間宏に会い、書きつづけるようにと励まされる。

十一月、「日本小説を読む会」の会員を中心に「追悼　澤田閏」を編む。

「ある祝電―多田謠子さんのこと」を「VIKING」四六七号に書く。

この年の九月より朝日新聞夕刊（大阪版）に隔週で「シネマのある風景」の連載を開始。マイナーな外国映画を中心に約三年間つづける。

十一月九日、ベルリンの壁撤去始まる。

十二月九日、開高健死去、五十八歳。

一九九〇年（平成二年）　六十歳

一月、『フィリップ傑作短篇集』が福武文庫で出る。

六月、前年より北川荘平、福田紀一、島田尚一と編んでいた『別れ　沢田閏作品集』が編集工房ノアより出る。七月七日夕刻より楽友会館で「偲ぶ会」をかね出版記念会を開く。

「神泉苑」を「VIKING」四七四号に書く。

七月六日、小島千加子『作家の風景』の出版記念会に出席のため島京子とともに上京。

八月、エッセイ集『生の傾き』が編集工房ノアより出る（装幀・粟津謙太郎）。

このころ「ニュー・シネマ・パラダイス」を見て感動。ジュゼッペ・トルナトーレ監督のファンとなる。

十一月十二日、新天皇即位の日で休日。ドイツ語教官池田浩士らの呼びかけで十時から教養部の教室で開かれた「天皇制を考える会」に出席。約二百名参加。中岡哲郎による一九五一年六月の「京大天皇事件」の話を聞く。

一九九一年（平成三年）　六十一歳

一月一日、野間宏死去、七十五歳。

同月、『フランス短篇傑作選』(山田稔編・訳)が岩波文庫で出る。

同二十日にパリへ発ち約三カ月間滞在。その間フランス人のツアーに加わりシチリア島をめぐる旅をする。

五月、『スカトロジア=糞尿譚』が福武文庫に入る(講談社文庫版と同じ内容に新たに小沢信男の解説を加える)。

八月二十三日、生島遼一死去、八十六歳。岡崎の換骨堂でささやかな葬儀。弔辞は一名だけ。供花は仏文学会からのもの以外は出版社名などを取り除いて。

「文の人、生島遼一先生を悼む」を朝日新聞八月二十六日夕刊に書く。

十月、朝日新聞の「シネマのある風景」の連載が終る。

このころ『ミラノ　霧の風景』をよみ須賀敦子の愛読者となる。

十二月二十六日、ソ連邦消滅宣言にショックをうける。

一九九二年(平成四年)　六十二歳

一月、富士正晴未刊行小説集『碧眼の人』を編集。四月、編集工房ノアより刊行(装幀・富士伸子)。

六月、『シネマのある風景』が単行本としてみすず書房から出る。カバー写真は映画「特別な一日」の一シーン。担当編集者の尾方邦雄にはその後もロジェ・グルニエの翻訳などで世話になる。

このころ、愛読するシャーウッド・アンダスンの研究者大橋吉之輔に手紙を出し、以後翌年十一月の死去（六十八歳）まで文通をつづける。

一九九三年（平成五年）　六十三歳

二月二十四日、天野家を訪問。定年退職後はどこにも勤めぬ方がよいとの助言をもらう。

四月より学生にまじってイタリア語初等クラスに出席。

七月十日、井伏鱒二死去、九十五歳。

七月三十日、天野家訪問、衰弱ぶりに胸をつかれる。これが最後となる。

八月二十五日、戦後間もなくラジオのカムカム英語の講師として有名だった平川唯一死去、九十一歳。

同月、ロジェ・グルニエ『チェーホフの感じ』の翻訳がみすず書房より出る。

十月二十九日、朝の新聞で天野忠の死を知って驚き天野家を弔問、なきがらと対面。死亡は前夜七時半ごろで死因は急性腎不全、八十四歳。天寧寺での通夜に参列後、編集工房ノアの涸沢純平と出町柳の酒場で故人を偲ぶ。

十月三十一日、「アマルコルド」の監督、フェデリコ・フェリーニ死去、七十三歳。

一九九四年（平成六年）　六十四歳

三月三十一日付をもって京都大学を定年退官。名誉教授に推されるが辞退する。以後、職には一切つかず気ままな生活を送る。

四月九日、夕方よりホリデイ・インでの現風研（現代風俗研究会）有志による多田道太郎著作集出版記念会に出席。

同十日、国際日本文化研究センターで催された桑原武夫七回忌の集会で二十分間しゃべる。（その内容は後に「桑原流文章術」の題で杉本秀太郎編『桑原武夫―その文学と未来構想』（淡交社）に収録）。

五月、三十四年間同人であった「ＶＩＫＩＮＧ」同人をやめ維持会員となる。

七月二十六日、吉行淳之介死去、七十歳。

九月十四日、福武書店を退社した寺田博を励ます会に出席のため上京。

十月、パリに三週間滞在、その間ロジェ・グルニエ宅を訪問。その席でポー大学のフィエヴェ教授を紹介され、後日、かつて語学研修のため滞在したポーの街を案内してもらうことになる。ポーはグルニエが青春時代をすごした町。

またこのパリ滞在中、佐々木康之の運転するレンタカーでシャルル＝ルイ・フィリップの生地セリイを訪れ、フィリップ記念館のシモーヌ・レイノーを知る。

一九九五年（平成七年）　六十五歳

一月十七日、阪神・淡路大震災。

同二十七日、飼猫ニャン死去、十九歳。遺体を庭の片隅に埋葬。

「ぽかん」を「三田文学」夏号に、「リサ伯母さん」を「新潮」七月号に書く。

八月、パプアニューギニアの日本大使館付医官で「ＶＩＫＩＮＧ」同人の久家義之をたよってポートモレスビーを訪れ一週間滞在。後日、その体験をもとに「極楽ホテルの鳥」を書く。

十一月、島京子に誘われ数名の中国旅行グループに参加、上海を拠点に一週間かけて杭州、蘇州、無錫などを訪れる。

「シネマのある日常」の連載を「VIKING」五三七号より始めるが反応とぼしく九回で中断。

一九九六年（平成八年）　六十六歳

「愛妻弁当」を「文學界」（三月号）に書く。

四月六日、三十七年間続けた「日本小説を読む会」の最後の例会を開き、会報四百号を発行。それを記念するパーティを五月四日、ホテル・フジタで開催。出席者全員を招待とし会費をとらず。

会報の一号から四百号までの報告レジュメと討論記録を収めた「日本小説を読む」（上下二巻、各巻六三〇頁）を荒井とみよと編み、八月に自主刊行。

「よむ会」の終りは私の人生のもう一つの区切り目となる。

五月十九日、高橋和巳没後二十五年を記念する「偲ぶ会」に福田紀一とともに出席。病身の坂本一亀と会い寺田博、川西政明らを加え夜おそくまで飲み、これが坂本との最後の別れとなる。

六月、中欧ツアー旅行に加わり十日間でハンガリー、スロヴァキア、チェコの三カ国をまわる。

同月、数篇の外国旅行記を収めた『太陽の門をくぐって』が編集工房ノアより出る（表紙、扉装画・阿部慎蔵）。

「サッコの日」を「新潮」（八月号）に書く。

十月、京都新聞の「現代のことば」欄に執筆したエッセイが『ああ、そうかね』の題で京都新聞社より出る（装画、装幀・阿部慎蔵）。

十月二十七日、天野忠の三回忌の集り（祇園の「いもぼう」）に出席。

一九九七年（平成九年）　六十七歳

二月十九日、埴谷雄高死去、八十七歳。

三月二十日、玉置保巳死去、六十八歳。

四月、「夜の声」を季刊「文科」三号に書く。

七月、『ああ、そうかね』で第四十五回日本エッセイスト・クラブ賞を受賞。

八月二十一日、江藤淳死去（自死）、六十六歳。

十一月、ロジェ・グルニエ『フラゴナールの婚約者』（山田稔編・訳）がみすず書房より出る。

「おとずれ」を「一冊の本」（十二月号）に書く。

一九九八年（平成十年）　六十八歳

三月二十日、須賀敦子死去、六十九歳。二十六日、その葬儀に参列のため上京。

四月二十七日、ブレヒト、ベンヤミンの研究者 野村修死去、六十七歳。九月十九日の偲ぶ会に出席。

六月一日、松田道雄死去、八十九歳。葬儀なし。「京都新聞」七月三日付夕刊に「松田道雄さん―思い出すままに」を書く。

「海鳴り」8号に「北園町九十三番地―天野忠さんのこと㈠」を書く。

東京のニューライフ社の月刊誌「Health Tribune」にエッセイの連載をはじめる。

一九九九年（平成十一年）　六十九歳

一月、ロジェ・グルニエ『黒いピエロ』の翻訳がみすず書房より出る。その「あとがき」として「もう一つの物語―ポー、グルニエ、そして私」を書く。

二月、笠岡市の木山捷平の生家および市立図書館（木山捷平コーナー）を訪れる。

三月、「わが友ガーニャ」（後に「ガーニャとともに」と改題）を中尾務編集・発行の「ＣＡＢＩＮ」創刊号に書く。この雑文・雑記を中心とした年刊の個人誌は私の好みに合い、以後私の主な作品発表の場のひとつとなる。

五月十四日、以前に知り合ったシモーヌ・レイノーに請われシャルル＝ルイ・フィリップの生地セリイでのシンポジウムに参加、フィリップが日本でどのように読まれ愛されたかについて即席でスピーチをする。会場で病み上がりのシモーヌ・レイノーと再会。パリ滞在中、五月二十日にロジェ・グルニエ宅を再訪。

六月、ロジェ・グルニエの翻訳により第六回日仏翻訳文学賞（小西国際交流財団主催）を受賞。選考委員・石井晴一、大江健三郎、大岡信、清水徹。九日、東京会館で授賞式。

七月九日、長姉芳子死去、八十九歳。葬儀に参列のため上京。

九月、初刊『コーマルタン界隈』に「オートゥイユ、仮の栖」を加えた新版がみすず書房より出る（解説・堀江敏幸「洒脱の向こう側」）。

十一月、初刊『特別な一日』に「ヘンリ・ライクロフト―または老いの先どり」を加えた新版が平凡社ライブラリーの一冊として出る。担当編集者直井祐二（解説・荒川洋治「文章の「一日」」）。カバー画・松本竣介「街」（一九三八）。

二〇〇〇年（平成十二年）　七十歳

二月、シモーヌ・レイノー死去。

九月、「海鳴り」に三回まで連載したものにあらたに書き足した『北園町九十三番地―天野忠さんのこと』が編集工房ノアより出る（装幀・平野甲賀）。

九月二十八日、〈文芸の方舟、新しい海〉と銘うった編集工房ノア創業二十五年を記念するパーティに出席。於・新阪急ホテル。出席者二百数十名の盛会。

十月十七日、七十歳の誕生日。ますます時代から離れ回顧の人となり、アナログ的生活をつづける。車、パソコン、ＦＡＸを持たず通信手段は郵便と電話のみ。

この年より約二年間「週刊朝日」の読書欄に書評を執筆。

二〇〇一年（平成十三年）　七十一歳

二月、ロジェ・グルニエ『六月の長い一日』の翻訳がみすず書房より出る。

三月末より四月にかけフランス南西部の港町コリウールを再訪、イヴ＝マリ・アリュー夫妻、宇佐美斉らの友人と数日をすごす。

七月、初刊（河出書房新社版）から「ローマ日記」と「犬のように」を除いた新編『幸福へのパスポート』が〈ノアコレクション５〉として編集工房ノアより出る（装画・阿部慎蔵、装幀・森本良成）。

八月八日、倉田令二朗死去。七十歳。十一月二日、名古屋での追悼の会に出席。

九月十一日、ニューヨークで同時多発テロ事件が発生。

十一月二十四日、京大会館での「思想の科学」五十年の歩みをたどるシンポジウムに出席。

十二月、米軍のアフガニスタン空爆に反対するピースウォークに、また翌年にかけてアメリカのイラク侵攻に抗議するデモに参加。

二〇〇二年（平成十四年）　七十二歳

一月、山田稔編『チェーホフ　短篇と手紙』がみすず書房より出る。その序文として「チェーホフの距離」を書く。

二月、このころ映画「愛すれど心さびしく」（一九六八年）に感動、その原作『心は孤独な狩人』をはじめカーソン・マッカラーズの小説をまとめて読む。

四月二十三日、久保文死去、九十歳。

五月、短篇集『リサ伯母さん』が編集工房ノアより出る（一九九〇年代後半に「新潮」、「文學界」、「三田文学」などに発表した七作品を収める（カバー装画・関根勢之助「砂の言葉」、装幀・森本良成）。

七月、『旅のなかの旅』が白水社uブックスの一冊として刊行される。

「書斎の片隅」（和田洋一「灰色のユーモア」）を「学鐙」（七月号）に書く。

九月十九日、大学での元同僚で友人のドイツ文学者 好村冨士彦死去、七十一歳。葬儀に参列のため広島へおもむく。

同二十八日、鶴見俊輔詩集『もうろくの春』出版記念会に出席する（於・北文化会館）。

十月二十五日、九月二十八日に八十歳で死去した元河出書房編集者、坂本一亀を偲ぶ会に出席のため上京。

十二月、久保文を追悼し「八十二歳のガールフレンド」を「みすず」十二月号に書く。

このころ尾崎一雄『あの日この日』を読み感動する。

平凡社の「月刊百科」の一月号から十二月号までエッセイを連載。

二〇〇三年（平成十五年）　七十三歳

四月、「詩人の贈物」を「海鳴り」15号に書く。

五月、新編『再会　女ともだち』が〈ノアコレクション6〉として編集工房ノアより出る。

「雨」を「新潮」（五月号）に書く。これが「小説」として発表された最後の作となる。

横山貞子訳『フラナリー・オコナー全短篇上・下』（筑摩書房）の刊行をきっかけにオコナーを再読。

六月、「月刊百科」と「ヘルス・トリビューン」に連載したエッセイを合わせたものが『あ・ぷろぽ　それはさておき』の表題で平凡社より出る（装幀・小泉弘）。

八月十五日の日記から。

「敗戦記念日。一九四五年つまり十五歳までの私とその後の私とはどのように継がっているのか。複雑骨折したあと、骨つぎがうまくいかぬまま今日まできた。〈軍国少年〉に接ぎ木されたアメリカ産の〈民主主義〉は立ち枯れたまま」。

十二月二十八日、編集グループSUREによる「セミナーシリーズ　鶴見俊輔と囲んで」の第四回に招かれて左京区吉田の編集グループ〈SURE〉工房に出かけ、鶴見俊輔のほか黒川創らSUREのスタッフからの質問に答える。（この記録は二〇〇六年に「山田稔　何も起らない小説」と題してSUREより刊行）。

同月、シャルル＝ルイ・フィリップ『小さな町で』の翻訳が《大人の本棚》の一冊としてみすず書房より出る。

二〇〇四年（平成十六年）　七十四歳
三月七日、NHKラジオ深夜便「サンデー・トーク」で、「思い出すこと—記憶は創られる」のテーマで堀江敏幸と対談する（司会・明石勇アナウンサー）。

同二十日、池田浩士の最終講義「ボランティア社会としてのドイツ第三帝国」を聞いた後、退官記念パーティに出席。

「シモーヌさん」を「みすず」に、「ある冬の夜のこと」を「海鳴り」16号に書く。

六月、『残光のなかで—山田稔作品選』が自筆年譜、著書目録付で講談社文芸文庫で出る（解説・川西政明）。

「独り酒」を「黄色い潜水艦」41号に書く。

六月二十二日、佐々木康之と、多田道太郎を御蔵山の自宅に見舞う。

九月、未来社版『スカトロジア＝糞尿譚』に「ヴォワ・アナール」を加えた新版が〈ノアコレクション7〉として編集工房ノアより出る。

十一月、北沢恒彦「酒はなめるように飲め」と山田稔「酒はいかに飲まれたか」の二冊を一組にしたものが編集グループ〈SURE〉より出る。このなかで中学時代の恩師中井寛吉を回想する。

二〇〇五年（平成十七年）　七十五歳

二月十五日、「小説とエッセイの間で」のテーマで中尾務のインタビューをうける（「BOOKISH」9号）。

三月、訳書アルフォンス・アレー短篇集『悪戯の愉しみ』の増補改訳版がみすず書房より出る。

二十二日、阪田寛夫死去、七十九歳。

四月、このころ『82歳の日記』などメイ・サートンの作品を読み感動。「年をとるとは、退歩をも受け入れて老年に向かって成長することだ」（『海辺の家』）。

六月、『八十二歳のガールフレンド』が編集工房ノアより出る。（エピグラフとして「死者を立たすことにはげもう」という富士正晴のことばをかかげる（カバー装画立体作品・大平弘、装幀・森本良成）。

六月十六日、『ヤマザキ、天皇を撃て！』（三一書房）の作者で映画「ゆきゆきて、神軍」（一九八七年）の主人公奥崎謙三、神戸の病院で死去、八十五歳。八七年ころまではこういった書物や映画が可能だった。

この夏、久しぶりにいい映画を見る。（ウルグアイ（その他の合作）映画「ウィスキー」、スコットランド映画「Dear フランキー」）。

九月二十四日、飯沼二郎死去、八十七歳。この農業経済学者とは「日本小説を読む会」で長年一緒だった。

この年の一月より二〇〇八年一月まで「VIKING」同人に一時復帰、富士正晴と私の往復書簡から成る「富士さんとわたし—手紙を読む」を連載。

二〇〇六年（平成十八年）　七十六歳。

五月三日、京都の高野のホリデイ・インで、中尾務の紹介により徳正寺の扉野良人（井上迅）、恵文社一乗寺店の能邨陽子ら若い人たちを知り以後親交を重ねる。また扉野を通じて真治彩を知り後の「ぽかん」誌発刊のきっかけをつくる。

七月八日、「VIKING」の北川荘平死去、七十五歳。十年ほど前に脳梗塞で入院し療養生活をつづけていた。

「富来」を「海鳴り」18号に書く。

十月、「天野忠随筆選」（編集工房ノア）を編む。

十二月二十三日、ベ平連の「イントレピッドの四人」をめぐるシンポジウム（鶴見俊輔、吉岡忍ら）に参加する。

二〇〇七年（平成十九年）　七十七歳

二月、ロジェ・グルニエの短篇集『別離のとき』の翻訳がみすず書房より出る。

三月、「前田純敬、声のお便り」を「CABIN」9号に書く。

六月、「木ノ花咲哉を求めて」（講談社文芸文庫・富士正晴『贋・久坂葉子伝』の解説を書く。

七月二十一日、六時より林ヒロシの『臘梅の記　大槻鉄男先生のこと』（編集工房ノア）の出版記念会（於・パレスサイド・ホテル）の世話人の一人となる。「VIKING」、

「日本小説を読む会」その他の友人ら、東京からの参加者をふくめ四十二名が出席。

十二月二日、多田道太郎死去、八十三歳。六日に自宅で葬儀。出棺前に友人代表として挨拶をする。新聞各社からの追悼文の依頼をすべて断る。京大人文研で知り合って以来、私はこの人の影響をうけてきた。恩人のひとり。

二〇〇八年（平成二十年）　七十八歳

一月、『特別な一日　読書漫録』が〈ノアコレクション9〉として編集工房ノアより刊行。

三月十五日、午後六時より旧「日本小説を読む会」有志が集まり多田道太郎を偲ぶ。出席者十六名、それぞれの多田像をみな遠慮なく語る。

三月、「後始末」を「ＣＡＢＩＮ」10号に書く。

四月八日、小川国夫死去、八十歳。

五月三十一日、十一時半より徳正寺で現代風俗研究会主催の多田道太郎を偲ぶ会に荒井とみよ、佐々木康之らと出席。総司会・竹尾茂樹（明治学院大学）。鶴見俊輔の挨拶、杉本秀太郎の発声による献杯。その後、井上章一の司会で井上俊と加藤典洋の対談。スピーチに移り、指名された私は「多田道太郎は現風研に情を移して「よむ会」を見捨てた」と恨みごとをのべる。

その後、現風研の女性のアコーディオン伴奏で多田の愛唱歌「社長さんはいい気持」を、予め配布されていた歌詞を見ながら合唱。

日記より。

「思えば多田がこの歌をうたいはじめたころ彼の心は「よむ会」を離れた」

会終了後、多田知恵子さんに喜寿祝いの花束を贈る。

七月、『富士さんとわたし—手紙を読む』が編集工房ノアより出る（装幀・平野甲賀）。

十二月六日、京大会館で開かれたシンポジウム「竹内好の残したもの」（編集グループSUREと思想の科学研究会共催）に参加。竹内好と富士正晴の関係について少ししゃべる。

二〇〇九年（平成二十一年）　七十九歳。

三月八日、パレスサイド・ホテルでの直木美穂子詩集『装飾流域』出版記念会に出席。

四月二日、立命館大学に米谷ふみ子の話を聞きに行く。

五月二日、からすま京都ホテルでの黒田徹詩集『家路』出版記念会に出席。黒田の友人のシャンソン歌手わさぶろうが「パダン、パダン」と「わたしが一番きれいだったとき」（詩・茨木のり子）を歌うのをきく。

五月、「一本一合—北川荘平と日本小説を読む会」を「VIKING」七〇二号に書く。

六月、「一徹の人—飯沼二郎さんのこと」を「海鳴り」21号に書く。

九月三十日、庄野潤三死去、八十八歳。

十一月十四日、動物学者の日高敏隆死去、七十九歳。私は『春の数えかた』などのエッセイが好きだった。

二〇一〇年（平成二十二年）　八十歳
世の中、ますます面白くなくなる。

三月五日、寺田博死去、七十六歳。「偲ぶ会」（六月九日）に出席のため上京。私はこの編集者に「文芸」、「海燕」で大変世話になった。

同日、物理学者の恒藤敏彦死去、七十九歳。

五月、「転々多田道太郎」を書き上げ、長年の宿題を果たした気になる。これを書くことでやっと多田道太郎から離れることができた。

六月十三日、小堀鉄男死去、八十歳。

小堀鉄男は恒藤敏彦とともに、むかし中学生のころ始めた同人誌「結晶」の仲間。この二人の相次ぐ死でひとり残された感をふかめる。

七月二十四日、数学者で評論家の森毅死去、八十二歳。台所で調理中に火が衣服に燃え移り大火傷、それが死因となる。この人が大学にいたおかげで私は少しは息をつけた。

九月、「生島さんに教わったこと」を「CABIN」12号に書く。この雑誌は編集発行人・中尾務の健康上の理由により惜しくもこの号で終ることになった。

十月、「転々多田道太郎」を含む『マビヨン通りの店』が編集工房ノアより出る（カバー絵・野見山暁治「パンテオン」（一九五四）、装幀・森本良成）。

十一月、私が名付け親となった「ぽかん」1号が出る。編集発行人・真治彩。

二〇一一年（平成二十三年）　八十一歳

三月十一日、東日本大地震。

五月、『別れの手続き　山田稔散文選』《大人の本棚》がみすず書房より出る（解説・堀江敏幸「アナル学派の立ち位置――あるいは山田稔の「手続き」について」)。

九月七日　好きなシャンソン歌手コラ・ヴォケール死去、九十三歳。

十一月、『日本の小説を読む』が編集グループSUREより出る(装幀・北沢街子)。書き下ろしの「「日本小説を読む会」盛衰史」に、会報の討論のうちから選んだ十六篇、および会報の合本が出来るまでのいきさつを加える。

同五日、茨木市の中央図書館で「富士正晴と織田正信のこと」と題する坪内祐三の講演を聞く。

二〇一二年(平成二十四年)　八十二歳

五月十九日、杉山平一死去、九十七歳。

同二十九日、「裸の島」の映画監督・新藤兼人死去、百歳。

六月、『コーマルタン界隈』の新版が編集工房ノアから出る(装画・野見山暁治「パリの窓」(一九八〇)装幀・森本良成)。

「手招き」を「海鳴り」24号に書く。

九月二十五日、ヴァイオリニスト諏訪根自子の死を知る(死亡は三月)。九十二歳。巖本眞理とともになつかしいひとだった。

十月、「転々多田道太郎」が講談社文芸文庫の多田道太郎『転々私小説論』の解説として転載される。

十二月二十三日、西川長夫を入院中の鞍馬口の病院に見舞う。手術後経過よく明るい表情の彼と三十分ほどしゃべる。これが最後となる(翌年十月二十八日死去、七十九歳)。

二〇一三年（平成二十五年）　八十三歳

一月二十六日、安岡章太郎、老衰により死去、九十二歳。私は戦後の作家のうち安岡にもっとも親近感をいだいていた。

二月、講談社文芸文庫に入る生島遼一『春夏秋冬』の解説として「生島遼一のスティル」を書く。

二〇一四年（平成二十六年）　八十四歳

六月ごろから尾崎一雄を全集（筑摩書房版、全十五巻）によって再読しはじめる。

十一月一日、茨木市の中央図書館（富士正晴記念館）で「富士正晴について、いま思うこと」と題して講演（後に「富士正晴という生き方」と改題、加筆して『天野さんの傘』に収録）。

「名付け親になる話」を「ぽかん」3号に書く。

十二月十四日、松尾尊兊死去、八十五歳。京大人文研助手時代の数少ない生き残りがまた一人へる。後に彼を追悼して「古稀の気分」を書く。

二〇一五年（平成二十七年）　八十五歳

三月十四日、寺町三条上るの画廊ヒルゲートで野見山暁治展を見た後、同所での講演を聞く。その後、居酒屋での懇親会に出席。九十四歳の画伯の元気さに感心する。このころ腰痛はげしくなる。

三月二十五日、恒例の「よむ会」同窓会をパレスサイド・ホテルで。数日前まで肺炎で入院していたという杉本秀太郎が痩せた顔を見せる。別れしなに出席者ひとりひとりと握手。これが最後となる。

七月、二、三年前に書いた未発表の数篇（「伊吹さん」、「天野さんの傘」、「古稀の気分　松尾尊兊」、「裸の少年」など）を収めた『天野さんの傘』が編集工房ノアから出る（装幀・林哲夫）。

五月二十七日、杉本秀太郎死去、八十四歳。三十一日の自宅での葬儀には長蛇の列。

七月十四日、福田紀一死去、八十五歳。夫人から通知をうけたのは二週間後の二十七日。死の詳細は不明のまま。彼は北川荘平とともに「ＶＩＫＩＮＧ」時代からの僚友だった。

同二十日、鶴見俊輔死去、九十三歳。杉本、福田そして鶴見と、大切な友人先輩を相次いで失い孤絶感ふかまる。

十二月四日、杉本秀太郎の偲ぶ会を旧「よむ会」のメンバーで開く。その席で九月に刊行された彼の初めての詩集『駝鳥の卵』の感想をのべ合う。

十二月、「福田紀一、あるいは〈あと一円〉の友情」を「ＶＩＫＩＮＧ」七八〇号に書く。

二〇一六年（平成二十八年）　八十六歳

一月、鶴見俊輔を追悼して「褒められて」を「はなかみ通信」（高橋幸子編集・発行）の四十七通に書く。

三月、所蔵していた富士正晴の水彩画「湖賊」を富士正晴記念館に寄贈する。

五月十七日、福田紀一を偲ぶ会を旧「よむ会」のメンバーで開く。

六月、杉本秀太郎を追悼し「「どくだみの花」のことなど」を「海鳴り」28号に書く。

八月、暑気で体力弱り体重ついに四十キロまで減る。小出楢重のいう「骨人」に近づく。

十月九日、「灰とダイヤモンド」のアンジェイ・ワイダ死去、九十歳。

このころ、朝日新聞にのったシルバー川柳の入選作のひとつ「ポックリと逝きたいくせに医者通い」（六十八歳男性）に思わず苦笑。

二〇一七年（平成二十九年）　八十七歳
一月八日、ロジェ・グルニエ死去、九十八歳。日本で十数冊の訳書の出ているこのフランス文壇の長老の死について、私の知るかぎりどの新聞も報ぜず。

同二十二日、三月書房主人宍戸恭一死去、九十五歳。

二月二十五日、長年の友人本田烈死去、八十七歳。三月二十七日に旧「よむ会」メンバーによる「偲ぶ会」。これで私の大学時代の親友はほとんどいなくなる。

四月十五日、「ぽかん」6号刊行記念「ぽかん」の集いのトークに真治彩、能邨陽子、扉野良人らと参加（会場・恵文社一乗寺店）。会場で宇佐美斉に詩人の岩阪恵子を紹介され、以後文通をつづける。

九月二十四日、杉本家での杉本秀太郎三回忌の催しに参加。

二〇一八年（平成三十年）、八十八歳
一月十二日、作家の三輪正道死去、六十二歳。

四月八日の大阪での「三輪正道を語る会」に出席。

二月十日、西川祐子『古都の占領』の出版と京都新聞大賞受賞を祝う会に出席。

同日、石牟礼道子死去、九十歳。

四月十三日、トゥールーズ在住の友人で中原中也の仏訳者イヴ＝マリ・アリュー、急性心不全のため急死。七十歳。

六月、単行本未収録の作品を収めた『こないだ』が編集工房ノアより出る（装幀・森本良成）。「運・鈍・根」ということを考える。

このころ、ハン・ガン『少年が来る』に感動、韓国の現代文学に目ざめる。

七月、八月、異常高温、三十七、八度の日がつづき体が弱る。九月、自選集刊行がきまりその準備をはじめる。

十月、講談社文芸文庫版で安岡章太郎『僕の昭和史』を読み、この作家のスケールの大きさをあらためて知る。

十月十七日、誕生日。十名ほどの友人が米寿を祝ってくれる。

十一月十七日、「かまくらブックフェスタ・in京都」（会場・恵文社一乗寺店）に参加。港の人、群像社、共和国などの編集者を知る。

三輪正道を追悼して「褒める非難とくさす賛辞」を「大和通信」一一〇号に書く。

このころ「VIKING」の詩人林ヒロシが大腸がんで医者に余命を告げられていることを知らされショックを受ける。

二〇一九年（令和元年）八十九歳

一月十七日、影書房の松本昌次死去、九十一歳。最後まで第一次戦後派を擁護しつづけた昔気質の編集者。私の『スカトロジア＝糞尿譚』の恩人でもあった。

三月三十日、徳正寺での黒川創『鶴見俊輔伝』の合評会に発起人として出席。

四月二十四日、林ヒロシのよびかけで「山田稔さんを囲む会」ができて、第一回の集まりが洛北の小料理店で開かれる（出席者七名）。「海鳴り」31号の荒井とみよと山田の作品の合評など。これが林の見おさめとなる。

同三十日、天皇退位。

五月十六日、新聞で加藤典洋の死を知り驚く。七十一歳。

五月二十八日、富士正晴記念館を退職した中尾務を慰労する会に出席（会場・阪急茨木駅のビアホール）。

七月、山田稔自選集（全三集）の第一集が編集工房ノアより出る（装幀・森本良成）。

同六日、入洛した小林一茶の仏訳者ブリジット・アリューの歓迎と、その夫故イヴ＝マリ・アリューの追悼を兼ねた集いに参加、乾杯の音頭をとる。

同十八日、京都伏見区のアニメーション制作会社で放火事件、死亡者三十六名。

七月から九月にかけてつづいた異常な暑さに体が弱る。

八月、出町座で「ひろしま」（監督・関川秀雄、一九五三年）を見る。出演者の岡田英次、山田五十鈴、月丘夢路、加藤嘉ら、なつかしい顔ぶれに再会。日教組よくやったと思う。

十月十七日、八十九歳の誕生日。八十九という数字に何の感慨もわかない。かつて天野忠は八十二歳の誕生日の日記に「八十二歳になる。何故かおかし。どうしてこんなに長生きしたか？　弱かったから」と記した。

私もひどく痩せていてスタミナ不足で、そのため無理をしなかった（できなかった）、おかげで大病もせずこの歳まで生きられた。このイケズな詩人はまたこうも書いている。「健康の置土産は老醜である」と。この「老醜」には「ボケ」もふくまれているのだろう。

十月二十三日、「山田稔さんを囲む会」（山田稔自選集Ⅰの合評）を数名でホテル・ガーデンパレスのラウンジで開く。呼びかけ人林ヒロシは肺炎のため出席できず。

同十七日、以前に「ぽかん」に三回にわたり連載したものに書き加えた『門司の幼少時代』（別刷付録「少年の港」）がぽかん編集室より出る。（発行人・真治彩、装幀・西田優子、イラスト・平岡瞳、編集協力・能邨陽子）。

十一月十七日、『門司の幼少時代』刊行記念トークイベントに服部滋、澤村潤一郎とともに参加（会場・恵文社一乗寺店）。その採録が図書新聞（一月十一日号）に載る。

十二月四日、医師中村哲、アフガニスタンで何者かに銃撃され死亡、七十三歳。

同二十七日、天野秀子（故天野忠夫人）死去、九十九歳。

二〇二〇年（令和二年）　九十歳

一月十三日、坪内祐三急死の報におどろく。六十一歳。

同十五日、山田稔自選集Ⅱが出る。

このころ『門司の幼少時代』のおわりに出てくる「M氏」（森田定治）が「九州文学」で活躍した作家（一九九七年死去、六十九歳）であることを教えられ、その短篇をいくつか読む。

二月十三日、林ヒロシ（宏）死去、七十六歳。

このころ三月書房閉店予告におどろき落胆。私の著書をほとんどすべて棚にならべてくれている稀な本屋だった。

三月、「一通の手紙」を「大和通信」一一四号に書く。

このころから新型コロナウイルス感染症の拡大のため自粛生活を強いられる。

四月、「ヌーボーの会のこと」を「海鳴り」32号に書く。

「引用」を「ユリイカ」五月臨時増刊号（坪内祐三総特集）に書く。

同七日、（新型コロナウイルス感染にたいし）緊急事態宣言発令される（五月二十一日、京阪神地方解除）。

五月四日、元「日本小説を読む会」会員の黒田しのぶ（本名・塚田満江）死去、百一歳。

同十三日、中国文学者の井波律子の訃報におどろく。七十六歳。ついこの前、新聞に元気そうな顔写真が出ていたのに。

某日の日記より。

「コロナ禍のせいもあって二月以降ひとりも友人に会っていない。だが考えてみると、古くからの親友はほとんどみな、もういなくなっている。長生きするとはこういうことか」

（二〇二〇年五月末日記す）

あとがき——選を終えて

一九六六年の春に未来社から『スカトロジア＝糞尿譚』を出して以来、五十数年が経つ。私の寿命も余すところ、もはや多くはないだろう。そこで今のうちにこれまでに書いたものを整理して自選集を編むことを思い立った。

選に当っては対象を、私が理想として心がけてきた小説でもエッセイでもなくその境界線上にあるような「散文」にしぼり、「小説」（あるいは「評論」）として発表されたものは除外した。したがって厳密にいえば、これは自選散文集とよぶべきものであろう。

さて自選とは「自分で選ぶ」と同時に「自分を選ぶ」ことでもある。過去に書いた文章を批判的に読み直し選別すること、わが身を削ることである。どこまで削るか、その加減に苦慮しつつ他方、時期的に片寄るのを避け満遍なく選ぶよう心がけた。

その結果、若書きといえる初期作品が含まれる一方で、いくつかの愛着のある作品がページ数の関係で除かれることになった。

こうした苦渋の取捨選択作業を経て出来上ったのが以下の三巻である。

第一集は主に新聞・雑誌類に発表された比較的短い文章。

第二集は忘れ難い人物の回顧・追想。

第三集は初めてのパリ生活の記録、およびその後フランスで知り合った人物の回想、それにスコットランド紀行を加えた。

なお「自筆年譜」は講談社文芸文庫の『残光のなかで』に付せられたものの大幅な改作である。

最後になったが、全三集を通じこのたびもお世話になった編集工房ノアの涸沢純平氏、および装幀者の森本良成氏に心から感謝の意を表したい。

二〇二〇年五月

山田　稔

山田　稔（やまだ・みのる）
一九三〇年北九州市門司に生れる。京都大学でフランス語を教え、一九九四年に退官。

主要著書
『スカトロジア＝糞尿譚』（三洋文化新人賞）
『コーマルタン界隈』（芸術選奨文部大臣賞）
『ああ、そうかね』（日本エッセイスト・クラブ賞）
『北園町九十三番地　天野忠さんのこと』
『八十二歳のガールフレンド』
『マビヨン通りの店』
『富士さんとわたし　手紙を読む』
『山田　稔自選集』（全三集）など。
翻訳書として、
ロジェ・グルニエ『フラゴナールの婚約者』（日仏翻訳文学賞）、同『チェーホフの感じ』、アルフォンス・アレー『悪戯の愉しみ』、『フランス短篇傑作選』、シャルル＝ルイ・フィリップ『小さな町で』、エミール・ゾラ『ナナ』など。

山田　稔自選集　Ⅲ
二〇二〇年七月十五日発行
著　者　山田　稔
発行者　涸沢純平
発行所　株式会社編集工房ノア
〒五三一―〇〇七一
大阪市北区中津三―一七―五
電話〇六（六三七三）三六四一
FAX〇六（六三七三）三六四二
振替〇〇九四〇―七―三〇六四五七
組版　株式会社四国写研
印刷製本　亜細亜印刷株式会社

ISBN978-4-89271-332-3

山田　稔自選集　全三集　Ⅲ